W0384213

Emilia BURCA

LA CHUTE DE L'ANGE

Suite du roman
«LA RÉVÉLATION»

Paris 2021

ILLUSTRATION — Violeta Raevschi
MISE EN PAGE — Natalia Voinova
CONSULTANT — Dana Burca

Emilia Burca
LA CHUTE DE L'ANGE. Suite du roman «LA RÉVÉLATION» / Emilia Burca, — Paris, 2021. — 60 pages.
ISBN 978-2-9574528-3-5

Emilia BURCA

LA CHUTE DE L'ANGE

Suite du roman
«LA RÉVÉLATION»

L'enfer est pavé de bonnes intentions...

...Après avoir lu l'alerte, Georges regarda l'un après l'autre Tudor, Régine, Théo et les autres collaborateurs et, se tournant vers la fenêtre, dit doucement:

«Espèce maudite! Le mal est en nous!

Nous ne le déracinerons jamais!»

Il resta immobile quelques instants, puis se retourna vers le mur et alluma un écran qui y était accroché.

— Néanmoins, dit-il, il y a quelque chose qui ne colle pas. J'ai fait des essais sur différents animaux. Je leur avais injecté le virus positif jusqu'à la vingtième génération. Ensuite j'ai laissé succéder dix générations sans injection. Leur ADN était parfait. Les souris ont vécu trois ans, les chats vingt ans, les chiens seize ans, les chevaux trente-cinq ans et les singes quatre-vingt ans. Des longévives. Ils mouraient lorsque leurs ressources de vie s'épuisaient. Mais quand ils mouraient leurs corps étaient jeunes et en excellente santé.

Sur l'écran on voyait des familles de chaque espèce dès la première génération jusqu'à la dixième. En les regardant, il était impossible de comprendre quel individu était le plus âgé. Ils étaient tous actifs, leurs poils brillaient. Sauf que lorsque l'énergie vitale du vieil animal s'épuisait, il s'éloignait du groupe, s'allongeait par terre et mourait sans souffrir.

— Donc, ce n'est pas normal que la première génération des humains sans puce ni virus positif ait un ADN imparfait et qu'ils aient un pareil comportement. Je pense aux jeunes du hameau des Séquoias jour et nuit depuis qu'ils sont nés. Et j'ai fait la conclusion suivante: quelqu'un a dû créer un autre virus et l'a injecté aux nouveau- nés. Mais qui? Les collaborateurs ne peuvent pas agir indépendamment. Il n'y a que deux personnes, à part moi, qui bénéficient du libre arbitre.

Georges se retourna lentement, les regarda un moment et demanda:

— Où est Régine?

En quittant la salle de conférence du château, Régine se dirigea vers l'escalier qui descendait aux caves à vins. Là, il y avait une porte masquée donnant accès à un très long tunnel qui menait à un pavillon de chasse au milieu de la forêt...

Régine courait, elle avait hâte d'arriver à la cave. Elle était à bout de souffle. Pourvu que Tudor réussisse à les retenir...

Mille ans plus tôt...

L'enfance de Régine, ainsi que celle de tous les enfants du hameau des Séquoias était heureuse et aucun souci n'assombrissait leur vie paisible. Le matin ils allaient au Centre de Loisirs et pendant trois heures ils avaient des cours de lecture, d'orthographe, de calcul. Ils étudiaient la géographie, la faune et la flore de leur plateau. Les enfants étaient répartis par âge dans des salles de cours. Chaque salle était dotée d'un grand écran. En allumant l'écran et en choisissant la discipline, un professeur y apparaissait et enseignait. Les enfants étaient très doués et disciplinés. Tous travaillaient assidûment et excellaient en tout. Les cours finis, ils rentraient chez eux, on déjeunait en famille et on faisait la sieste. Après la sieste chacun était libre de faire ce qu'il lui plaisait. Régine et ses camarades de classe avaient organisé leur emploi du temps de sorte que la plupart du temps ils fussent ensemble. Ils retournaient au Centre de Loisirs pour se dédier à leurs activités préférées: danse, chant, musique, peinture etc. Les activités préférées de Régine étaient la danse, la peinture et l'accordéon, comme sa mère. Mais ils jouaient aussi beaucoup dehors : ils se baignaient dans le lac, jouaient au basketball, au badminton, faisaient du vélo. Quand ils grandirent, ils prenaient tout l'équipement nécessaire et partaient passer des jours dans la nature. Les animaux sauvages ne les attaquaient pas, la puce qui était injectée aux humains tenait les animaux à distance. Les jeunes voulaient savoir s'ils étaient les seuls habitants du plateau. Ils se demandaient où habitaient ceux qui produisaient les biens qu'on leur livrait chaque semaine. Mais partout où ils allaient, ils se heurtaient à de hautes chaînes de montagnes.

— Maman, est-ce que cela fait longtemps que vous habitez ici? Demanda-t-elle un jour à sa mère.

— Depuis toujours. Pourquoi me poses-tu cette question?

— Mais comment les premiers habitants sont-ils arrivés sur ce plateau? Mes amis et moi avons exploré le plateau de long en large, mais nous n'avons trouvé aucun moyen d'entrer ou de sortir d'ici.

— Je ne me suis jamais posé cette question. Nous avons toujours vécu ici, nous y sommes heureux et rien d'autre n'a d'importance.

Un jour, Régine entra dans la bibliothèque. Elle cherchait son père. Il n'était pas là. Elle voulut quitter la pièce, mais son regard s'arrêta sur les cahiers qui étaient rangés sur les étagères. Ils étaient là d'aussi loin qu'elle se souvenait. Son père notait dedans toutes les activités journalières. Le fait que son père préférât les cahiers à l'ordinateur amusait beaucoup Régine. Les couvertures des cahiers étaient en cuir marron. Sur le dos de chaque cahier il y avait un numéro. Un numéro d'ordre. L'un était ouvert sur le bureau, son père avait dû faire des notes le jour même. Régine le ferma pour le ranger à côté des autres sur l'étagère et resta stupéfaite : sur le plat de devant était écrit: «l'an dix-neuf». Donc, les numéros sur le dos des cahiers n'étaient pas des numéros d'ordre mais indiquaient des années. Intriguée, Régine prit le premier cahier, l'ouvrit et lut:

«Régine, notre petite Régine, est partie. Mais Georges nous a promis qu'elle nous reviendrait bientôt.»

-//-

«Aujourd'hui il nous a injecté le virus positif. Il nous a expliqué que le virus positif corrige les segments de l' ADN et le rend parfait. Dans quelques mois nos corps seront complètement rajeunis et guéris de toute maladie.»

-//-

«Viviane et moi avons remarqué quelques améliorations: les cheveux gris ont disparu, la peau devient plus belle, la santé s'améliore...»

-//-

«Viviane s'inquiète, elle dit que les améliorations physiques entraînent la dégradation de la mémoire. Quant à moi, je considère que c'est correct: on va renaître à nouveau. Qui sait, peut-être dans quelques années, je lirai ces lignes et je ne comprendrai pas de quoi il s'agit...»

-//-

«Aujourd'hui Georges nous a amenés à une station de métro. Il nous a dit que désormais nous allions vivre dans un coin de Paradis. Là il y avait encore dix-neuf couples de notre âge qui subissaient, eux-aussi, les effets du virus positif. Georges nous a embrassés et nous a dit qu'on ne se reverrait jamais. Une autre personne, son collaborateur, est montée avec nous dans un train très court qui nous a déposés dans les entrailles d'une montagne. Le collaborateur de Georges a mis sa paume sur un voyant et une paroi dans la montagne a pivoté. Nous sommes entrés dans un ascenseur énorme qui nous a montés à une altitude de trois mille mètres. En sortant de l'ascenseur, tous ont poussé des cris de surprise : nous nous trouvions sur un plateau d'une beauté époustouflante. C'était un petit village entouré de forêts et de montagnes avec des maisons de toutes les couleurs. Chaque maison disposait d'un système photovoltaïque installé sur le toit, qui permettait de récupérer l'énergie solaire pour la transformer en courant électrique. Au milieu du village, il y avait un lac à l'eau cristalline qui venait des rivières des montagnes. Toutes les maisons étaient situées autour du lac. Le collaborateur sortit de son sac un bol noir.

— Dans ce bol, nous a-t-il dit, il y a vingt billes en verre aux couleurs des maisons. Vous allez tirer une seule bille. Sa couleur correspondra à celle de la maison que vous habiterez.

Viviane et moi avons laissé les autres tirer leur bille. Toutes les maisons étaient tellement mignonnes, qu'il nous était égal laquelle habiter. Quand tout le monde eut tiré sa bille, Viviane s'approcha et sortit du bol celle qui y restait. Notre maison se trouvait au centre du hameau, elle était de couleur rose cendré, les fenêtres, les volets et les portes ivoire doré, le toit et les marches gris perle. Nous en étions ravis et l' aimâmes tout de suite...»

Plus loin André décrivait tous les travaux d'aménagement qu'ils avaient effectués durant la première année de vie dans le hameau des Séquoias.

Régine lisait avec avidité. Ses mains tremblaient. Elle venait d'apprendre le secret du Hameau des Séquoias. Mais il y avait tant d'énigmes... Qui était Régine? S'agissait-il d'elle-même ou bien d'une autre Régine? Elle savait déjà que ses parents avaient vécu une autre vie dont ils ne se rappelaient rien. C'était inutile de leur demander quoi que ce fût. Mais elle avait besoin de comprendre ce mystère. Elle savait que désormais ce serait le but de sa vie. Soudain elle se souvint de l'album sur la petite table du salon. Elle l'avait feuilleté quelques fois mais n'avait rien compris. Et ses parents n'avaient rien pu expliquer.

— Maman, où est l'album qui se trouvait sur cette table basse?

— Je l'ai rangé dans un tiroir du bureau de la bibliothèque. Il me trouble et je préfère ne plus le voir.

Régine courut de nouveau dans la bibliothèque, ouvrit les tiroirs du bureau et sortit l'album de photos. Maintenant, après avoir lu les notes de son père, beaucoup de choses étaient claires. Donc, il y avait eu une période où les gens n'étaient pas jeunes et en pleine santé... Elle regarda attentivement la photo de la jeune fille. Avant, elle pensait que c'était sa mère. Mais cette fois-là, Régine remarqua sur le cou de la jeune fille un grain de beauté comme le sien. Viviane n'en avait pas. Elle l'avait hérité de son père. Elle continuait de tourner les pages. Sur une autre photo, elle vit la même jeune fille dans un fauteuil roulant devant une cheminée. Sur le manteau de la cheminée il y avait un miroir. La jeune fille regardait dans le miroir et souriait. Il y avait quelque chose de si familier chez elle que Régine sentit des frissons dans tout le corps. Elle voulut tourner la page, mais eut soudain la sensation qu' un détail important lui échappait. Régine regarda encore une fois la jeune fille sur la photo et se rendit compte que celle-ci ne souriait pas à son image dans le miroir. Son sourire était adressé à quelqu'un d'autre. Régine suivit le regard de la jeune fille et remarqua au fond, dans l'ombre, un homme, debout, qui la prenait en photo. Elle se pencha pour regarder de plus près; la partie basse du visage était cachée par l'appareil photo. Mais lorsqu'elle plongea son regard dans celui de l'homme, Régine fut propulsée en arrière comme foudroyée. Elle se tenait la tête avec les deux mains et ne pouvait pas contenir les décharges électriques qui s'y produisaient. Des fragments d'images se succédaient chaotiquement devant ses yeux. Régine perdit connaissance. Lorsqu'elle retrouva ses esprits, elle regarda encore une fois la photo. Qui était cette fille mystérieuse dont on dirait, son portrait craché? Est-ce que c'était à propos d'elle que sa mère avait écrit au début de l'album: «Notre vie, notre famille avant le départ de Régine. Car après son départ ce fut la fin des fins et le début des débuts»? Qu'est-ce que tout cela signifiait? Et pourquoi s'appelait-elle Régine? Et ce jeune homme, qui était-il? Pourquoi avait-t-elle la certitude de le connaître? Pourquoi la bouleversait-il autant? Est-ce que c'était lui que son père appelait Georges? Elle devait trouver les réponses à ces questions. Mais comment? Il n'y avait ni entrée ni sortie de ce plateau. Elle avait demandé un jour aux livreurs comment ils se rendaient au Hameau des Séquoias, mais ceux-là avaient rétorqué en plaisantant qu'ils sortaient de la terre. Régine et ses camarades avaient même essayé quelques fois de les guetter pour les voir arriver ou bien partir, mais sans aucun résultat. Et alors? Comment faire? Or, Régine savait que désormais sa vie ne serait plus comme avant...

***

Ce jour-là, Régine était dans le jardin. Elle voulait cueillir des fleurs pour les mettre dans des vases. Elle entendit le bruit de moteur et vit une camionnette s'arrêter devant une maison non loin de chez eux. C'étaient les livreurs. Régine s'assit sur le banc devant la maison, décidée à essayer encore une fois de leur demander comment ils se rendaient au hameau des Séquoias. Elle les entendit descendre de voiture et parler avec le voisin. Soudain un des deux livreurs rit très fort et dit quelque chose. Régine se figea: le timbre de cette voix déclencha des décharges électriques dans tout son corps. Comme l'autre jour dans la bibliothèque... Elle se leva doucement et se cacha derrière un arbre, le regard sur les deux livreurs. À ce moment-là, ils se retournèrent pour monter dans la camionnette. Et elle le vit! Plus précisément, elle vit ses yeux. Les mêmes yeux que sur la photo. Le cœur de Régine commença à battre la chamade. Elle tremblait de tous ses membres. Je délire! Comment se faisait-il que lui et elle ressemblaient si fort aux jeunes sur les photos de l'album?

Vite dans la maison ! Elle se cacha derrière le rideau et regarda par la fenêtre. Elle guettait l'arrivée de la camionnette. Je dois me calmer, faire semblant de ne m'apercevoir de rien si je veux résoudre ce mystère. La camionnette s'arrêta devant leur maison. Deux jeunes hommes très beaux en descendirent et allèrent choisir le container couleur rose cendré. Régine regardait avec avidité le visage de celui qui paraissait être descendu de la photo de l'album et elle réalisa avec certitude qu'elle l'aimait depuis toujours, avant même sa procréation. Elle respira profondément et sortit de la maison. Elle s'arrêta sur les marches et fit semblant d'être étonnée, regarda l'un et puis son regard s'attarda sur l'autre. Elle remarqua qu'à sa vue le premier devint tout blanc, quant à son copain, il était blême et ne pouvait prononcer un mot. En les voyant dans cet état-là, les soupçons de la jeune fille se confirmèrent, mais elle s'efforça de maîtriser ses émotions et éclata de rire.

— Bonjour, vous devez être les nouveaux livreurs? Moi, je m'appelle Régine, et vous?

En l'entendant prononcer son prénom, le premier jeune homme pâlit encore plus fort et fut incapable d'articuler un mot. Son camarade vint à son secours:

— Lui, c'est Théo et moi je m'appelle Tudor.

— Mais qu'est-ce qu'il vous arrive? Pourquoi me regardez-vous comme si j'étais un fantôme?

— J'ai l'impression de vous avoir déjà vue...

— C'est impossible, en tout cas, moi, c'est la première fois que je vous vois. Vous devez me confondre avec quelqu'un d'autre. Mais on pourrait mieux se connaître. Revenez après-demain, il y aura chez nous la Fête de la Musique.

Et Régine s'en alla d'une démarche souple de féline. Mais ses jambes étaient flasques et elle faisait des efforts pour ne pas trébucher ou tourner la tête. Elle mourait d'envie de regarder encore et encore le jeune homme qui s'appelait Tudor. Ne pas le revoir jusqu'à la Fête de la Musique lui semblait insupportable. Et s'il ne venait pas? Mais dans son regard elle avait lu plus que de l'intérêt. Il reviendra! Elle en était sûre!

Ils vinrent à la fête tous les deux. Régine en était au comble de sa joie. Durant le concert, elle les regardait à la dérobée et la sensation de les connaître d'avant sa naissance devenait de plus en plus forte. Mais Tudor! Ce regard intense et rêveur lui faisait remonter des papillons dans le ventre. Elle mourait d'envie qu'il la prenne dans ses bras. Il cherchait des yeux quelqu'un et quand son regard tomba sur elle et que leurs yeux se rencontrèrent, Régine comprit que c'était elle que Tudor cherchait et qu'il éprouvait les mêmes sentiments qu'elle. Et quand ce fut son tour de jouer de l'accordéon avec sa mère, c'est pour lui qu'elle le fit avec tant de virtuosité. Après le concert, il y eut des danses. Régine était avec ses camarades en train de discuter. Lorsqu'elle leva la tête, elle rencontra son regard. Il s'était arrêté non loin et la regardait. Fascinée, Régine quitta le groupe de camarades et se dirigea vers Tudor qui lui aussi venait à sa rencontre. Leurs mains se joignirent, il la serra doucement contre lui et l'entraîna sur la piste de danse. Régine lui enroula le cou et pressa son front contre l'épaule de Tudor. Lui plongea son visage dans ses cheveux flamboyants. Ils bougeaient à peine et se régalaient du bonheur d'être serrés l'un contre l'autre...

Tudor rendait visite à Régine toutes les semaines. Il aurait aimé venir la voir chaque jour, mais il était occupé, il devait aider son père. André et Viviane l'aimèrent tout de suite. Régine remarqua qu'ils ne se souvenaient pas de la ressemblance de Tudor avec la personne sur la photo de l'album. Elle lui faisait visiter le Hameau, lui présenta ses camarades, ils se bronzaient et se baignaient dans le lac. Mais il ne répondait presque pas aux questions qu'elle lui posait concernant le monde d'où il venait. Puis il arrêta de venir la voir. Même pour les livraisons, il y avait d'autres personnes qui s'en occupaient.

***

Tudor eut un rêve, plutôt un cauchemar. Il était avec Régine dans la maison où il habitait avec son père. Mais elle ne pouvait pas marcher, il la portait dans ses bras, et il aimait s'occuper d'elle, la lavait, la mettait au lit. Et soudain il la percevait comme s'il avait fusionné avec elle, il la sentait de l'intérieur, elle souffrait et lui, il avait peur. Puis ils tombaient ensemble du lit et il avait si peur qu'il se sentait paralysé. Il voulait crier, mais l'air lui manquait et il se réveillait en sueur. Il fit le même rêve plusieurs soirs d'affilée. Il voulait voir Régine, elle lui manquait terriblement. Mais il pensait que le cauchemar qu'il faisait chaque nuit était un avertissement, qu'il ne devait pas la voir, qu'elle n'était pas pour lui. Il en parla à son père, Georges. Et celui-ci lui révéla le secret de sa procréation, pourquoi il voyait Régine dans ses rêves. Il lui expliqua que les cauchemars qu'il faisait ne signifiaient pas du tout qu'il devait renoncer à Régine.

***

Régine souffrait énormément. Elle ne pouvait imaginer comment elle allait vivre désormais sans Tudor. Elle errait dans le Hameau sans but et rien ne l'intéressait. Et voilà qu'un jour où elle avait perdu tout espoir de le revoir, il était revenu.

— Régine, veux-tu venir avec moi, je voudrais te montrer quelque chose. Mais promets-moi de n'en parler à personne.

Régine ne pouvait pas calmer son cœur qui battait la chamade. Il était revenu! Elle n'en croyait pas ses yeux et ses oreilles! Comme elle aurait voulu se jeter à son cou! Mais elle n'osa pas. Il y avait quelque chose dans son attitude qui l'embarrassait.

Il l'emmena là d'où les habitants du Hameau voyaient les livreurs arriver. Il contournèrent la falaise et Tudor mit la paume sur une pierre qui sortait un peu en avant. Régine cria de surprise en voyant un énorme bloc de pierre coulisser et ouvrir une large entrée. En entrant dedans, elle vit la camionnette des livreurs. Sa surprise fut encore plus grande lorsqu'elle s'aperçut qu'elle voyait le Hameau et ses alentours. C'était un espace vitrifié masqué en falaise. Voilà pourquoi Régine et ses camarades n'avaient jamais réussi à voir d'où sortaient les livreurs. Ils devaient les voir guetter et attendaient leur départ avant de sortir... Tudor s'approcha du mur, appuya sur un voyant et une porte s'ouvrit, donnant accès à un énorme ascenseur. Ils y montèrent et l'ascenseur commença sa descente qui paru à Régine interminable. Arrivés en bas, une petite rame les amena à travers des champs jusqu'à une station de métro. Là, ils prirent des vélos et arrivèrent à une immense et très belle maison située au fond d'une cour très bien entretenue. Régine sentit son coeur se serrer. Elle avait l'impression d'être enfin rentrée chez elle et que cet endroit-là lui avait toujours manqué. Ils entrèrent dans le salon.

— Waw! s'écria-t-elle en voyant la cheminée. Tudor, cette cheminée ...commença-t-elle, mais se tournant vers lui elle oublia ses paroles. Tudor la regardait d'une façon étrange, le regard intense, le visage crispé. Régine sentit le sang lui cogner dans les tempes et une douleur au bas du ventre.

— Régine, Tudor la prit dans ses bras, je croyais que je ne te reverrais plus... J'ai eu très peur... Il la serra encore plus fort et l'embrassa avec passion sur la bouche. Et puis encore et encore. Régine enroula ses bras autour de son cou et répondait à ses caresses avec la même passion. Tudor s'arrêta un moment, prit le visage de Régine dans ses mains et la regarda dans les yeux. Ensuite il la serra de nouveau dans ses bras comme si quelqu'un aurait voulu la lui arracher.

— Régine, mon amour, ma chère Régine, — délirait-il en embrassant les joues, le nez, les yeux, la bouche de Régine qui était près de s'évanouir. — Je ne t'abandonnerai jamais.

Deux passions submergeaient le coeur du jeune homme: son amour pour la jeune fille dont il avait fait la connaissance, et qu'il croyait impossible à cause de son rêve; et la mémoire qu'il gardait en lui en tant que clone de son père. La mémoire de l'amour que son père avait éprouvé pour la femme qu'il avait perdue. Tudor prit Régine dans ses bras et monta les escaliers au premier étage, entra dans la chambre de son père et posa Régine sur le lit. Il agissait comme enchanté, ne se rendant plus compte qui il était vraiment: Tudor ou bien Georges. Il déshabilla doucement Régine, prit des huiles essentielles et lui massa délicatement le corps, admirant ses formes parfaites. Régine haletait, elle était au comble de l'excitation. Tudor aurait voulu prolonger ces moments de douce béatitude. Mais de nouveau le souvenir de la douleur d'une perte déchirante apparut devant lui. Et il commença à embrasser Régine comme un fou sur les seins, sur le ventre, entre les cuisses. Il lui fit l'amour avec l'avidité et le désespoir d'un désir inaccompli.

Ils s'étaient endormis épuisés. Même dans le sommeil Tudor serrait Régine dans ses bras, comme s'il avait peur de la perdre. Quant à Régine, elle se sentait comblée. Quand Tudor lui fit l'amour elle sut qu'elle avait enfin reçu ce qui avait dû tant lui manquer... Soudain ils se réveillèrent en sursaut: Régine hurlait, agrippée à la main de Tudor.

— Qu'est-ce qu'il t'arrive, chérie?

— J'ai rêvé que je tombais de ce lit, dit Régine, trempée de sueur. Tudor, cette maison m'est familière. Il y a un album photo chez nous. Sur une des photos, il y a la cheminée de votre salon et deux jeunes, une jeune fille et un jeune homme. On dirait moi et toi.

— Je t'ai emmenée avec moi parce que je vais te faire une révélation qui t'aidera à comprendre beaucoup de choses.

***

— Georges, qu'est-ce qu'il t'arrive? lui demanda un jour Théo. Depuis quelques jours, tu as un comportement très bizarre. On dirait que quelque chose te préoccupe.

— C'est vrai, Théo. Tudor m'a montré la photo de la fille qu'il fréquentait. Cela m'a beaucoup bouleversé...

— Laisse-moi deviner. Elle habite le hameau des Séquoias, s'appelle Régine et c'est la fille de Viviane et André. Moi, quand je l'ai vue la première fois, j'ai failli tomber dans les pommes. Elle est le portrait craché de sa sœur.

— Je savais qu'elle était née, qu'elle s'appelait Régine. Mais j'avais perdu la notion du temps. Je pensais qu'elle était encore une gamine. Et quand j'ai vu sa photo l'autre jour, tant de souvenirs et d'émotions ont explosé dans ma tête...

— Désormais tu la verras souvent et ce sera comme si Régine était revenue.

— Oui, c'est vrai.

C'est ce qu'il avait espéré. Il pensait que puisque Tudor était son clone ils vivraient ensemble les mêmes émotions. Et voilà que Tudor était amoureux et lui, il n'avait rien ressenti, ne s'était douté de rien. Un sentiment de tristesse et de solitude s'empara de lui. Tudor vivait son amour sans réticence, sans se poser de questions comme lui, il l'avait fait autrefois. Georges se rendit compte qu'il était jaloux. Il en avait honte, mais n'y pouvait rien faire.

***

Rentrée au Hameau, Régine dit à ses parents qu'elle ne voulait pas dîner et monta dans sa chambre. Elle avait besoin de réfléchir à ce que Tudor lui avait raconté. Si, elle aurait voulu poser des questions à ses parents, si ceux-ci avaient gardé quelque souvenir. Mais elle savait qu'il était inutile de les perturber. Donc, Tudor lui avait dit qu'il était le clone, c'est-à-dire la copie exacte de son père. Elle ne savait pas ce qu'était un clone. Il lui expliqua que pour procréer un clone il n'y avait pas besoin qu'un homme fasse l'amour à une femme. Il suffisait de prélever du tissu du corps de celui qu'on veut cloner et de mettre les cellules obtenues en culture dans une boîte de pétri, avec du milieu nutritif à 38°, pour qu'elles puissent survivre en attendant d'être prélevées comme source de noyaux; prélever des ovules à la femme qui servira de mère porteuse et les mettre en culture pour maturation durant vingt-quatre heures; prendre ensuite les ovules matures, les placer sous un microscope et les vider de leurs noyaux; puis prendre les cellules cultivées, en placer une à côté d'un ovule énucléé qui est dix fois plus grand que la cellule, et induire un petit champ électrique très bref; les membranes fusionnent entre elles permettant au noyau d'entrer dans l'ovule. Remettre ensuite la cellule œuf reconstituée dans l'étuve dans un milieu de culture particulier qui lui permettrait de se diviser; quelques jours plus tard, transplanter l'embryon dans l'utérus de la mère porteuse. Il lui avait expliqué que les jeunes sur la photo de l'album étaient son père et sa mère porteuse, c'est-à-dire, la soeur aînée de Régine, qui s'appelait elle-aussi Régine. Tudor avait dit qu'un clone gardait dans son subconscient la mémoire de la personne clonée. Il suffisait qu'il rencontre des facteurs qui la déclenchent. Puisque Régine était le portrait craché de sa sœur, quand il l'avait rencontrée la première fois, il avait la certitude de l'avoir déjà vue. Il lui parla du cauchemar qu'il avait fait quelques nuits d'affilée. Régine ne pouvait pas comprendre pourquoi, elle-aussi, avait fait le même cauchemar.

Tudor l'emmena plusieurs fois avec lui. Ils «visitèrent» ensemble la cité des fourmis. Il lui parla de Dieu, comment Il avait créé la terre et les cieux, la faune, la flore et les humains. Mais elle avait tant de questions à poser. Et pour qu'elle comprenne mieux l'énorme travail que son père avait fait, Tudor la fit regarder les films qui montraient la vie sur la Terre avant la puce et le virus positif. Et chaque fois en rentrant au hameau elle réfléchissait à ce qu'elle avait vu et entendu.

***

Régine contourna la falaise et mit la main sur la pierre qui en sortait un peu. Elle l'avait déjà fait, Tudor lui avait montré comment. Mais cette fois-là, elle était seule. Tudor était parti avec Théo dans un pays lointain et serait absent quelques semaines. Elle en était contente. Car elle avait besoin d'être seule pour vérifier quelque chose… Arrivée dans la maison de Tudor, Régine monta dans la chambre de son père et ouvrit les placards. Dans un des placards il y avait les vêtements de Georges. Mais dans l'autre… L'autre était comblé de vêtements de femme. Régine fouilla dans les vêtements jusqu'à ce qu'elle trouve ce qu'elle cherchait. Ensuite elle monta au troisième et entra dans la bibliothèque, elle y avait vu, quelques jours plus tôt, le fauteuil roulant. Georges avait gardé tout ce qui avait appartenu à son épouse...

Georges arrêta la voiture et entra dans la cour. Il était tard, presque minuit. Tudor était absent et il n'était pas pressé de rentrer. Il aurait pu rester dormir au château, mais ne l'aimait pas. Il y avait installé les collaborateurs. Quant à lui, il préférait sa maison. C'est là qu'il avait été vraiment heureux. Il s'étonna d'y voir de la lumière partout. Il se rappelait l'avoir éteinte le matin. En ouvrant la porte de l'entrée, il entendit de la musique qui venait du salon. C'était la sonate au clair de lune de Beethoven que Régine, sa Régine, adorait. Intrigué, Georges entra doucement dans le salon et s'arrêta stupéfait: devant la cheminée il y avait le fauteuil roulant et dans le fauteuil… Régine. Habillée de la même robe vert émeraude qui soulignait la beauté de ses yeux. Elle portait cette robe le soir où ils avaient emménagé et pendaient la crémaillère. Il se souvenait l'avoir prise en photo, elle était dans son fauteuil devant la cheminée et lui souriait dans le miroir. Georges la regardait et se disait qu'il avait des hallucinations. Régine lui sourit et dit:

— Bonsoir, Georges!

Georges fit un effort pour calmer ses émotions et répondit:

— Bonsoir, Régine! Vous devez être la petite amie de Tudor. Il m'a beaucoup parlé de vous. Mais pourquoi tout ce spectacle?

— Ce soir je ne suis pas la petite amie de Tudor. Je ne sais pas qui je suis. Je suis venue vous demander de me le dire. Tudor m'a raconté qu'il était votre clone et qu'après m'avoir vue la première fois il faisait des cauchemars. Moi aussi je fais des cauchemars depuis que j'ai appris comment mes parents sont arrivés au hameau des Séquoias et que j'ai vu la photo sur laquelle une jeune fille qui me ressemble énormément vous sourit dans le miroir. Elle porte cette même robe. Sur la première page de l'album est écrit: «Notre vie, notre famille avant le départ de Régine. Car après son départ, ce fut la fin des fins et le début des débuts». Qu'est-ce que tout cela veut dire? Qui est cette Régine? Pourquoi je m'appelle aussi Régine? Georges, je vous en prie, ne me cachez rien, car je me sens très mal!

Régine dirigea le fauteuil roulant vers Georges et lui prit la main dans les siennes. Ce doux contact foudroya Georges et il recula avec horreur. Il se rendit compte comment il avait été malheureux durant toutes ces années et comment sa Régine lui avait manqué ; qu'il avait essayé d'étouffer sa douleur et avait évité de prendre des nouvelles de Viviane, André et leur fille pour ne pas ressusciter ses sentiments enfouis au plus profond de son âme.

— Régine, toi aussi, tu es un clone. Tu es le clone de ma Régine, que j'aimais éperdument et que je n'ai pas su protéger par égoïsme. Attends un peu, je vais d'abord nous préparer du café, ensuite je te raconterai qui était Régine, pourquoi elle était dans un fauteuil roulant et comment elle est morte...

...Un long silence s'installa quand Georges eut fini de raconter l'histoire de sa Régine. Il se sentait soulagé. C'était comme si un fardeau était tombé de ses épaules. Mais la jeune fille était troublée. Elle l'avait écouté sans l'interrompre une seule fois, en fixant un point invisible devant elle. Elle était toute pâle et des larmes coulaient doucement sur son visage.

— Mais, je n'arrive pas à comprendre, la personne dont je suis le clone,est morte depuis longtemps. Comment avez-vous prélevé du tissu de son corps?

— Quand j'avais dit à mon épouse que je m'étais fait castrer et lui avais demandé d'être la mère porteuse de mon clone, elle avait accepté. Elle avait décidé de se faire stériliser elle aussi après la naissance de l'enfant et de m'aider dans mon travail. Mais moi, j'avais des remords. Son sacrifice était trop grand. J'ai pris, alors, la décision de lui injecter après l'accouchement le virus positif sans qu'elle le sache. Et quand elle aurait été guérie de son handicap, elle aurait pu savoir si elle voulait ou non se faire stériliser. Je voulais lui proposer d'être la mère porteuse de son clone à elle, pour avoir un fils et une fille qui nous ressemblent. Et voilà que le jour où elle eut son ovulation, après lui avoir prélevé des ovules, j'ai prélevé du tissu de son utérus, que j'ai congelé. J'avais préféré que le tissu soit prélevé avant l'injection du virus positif. Mais tu sais déjà ce qu'il lui est arrivé. Viviane et André étaient désespérés. Moi, je me sentais coupable. Elle était morte à cause de moi. Alors je leur avais juré que leur fille leur reviendrait. Je leur ai injecté le virus positif et les puces. Viviane devait avoir une ovulation lorsque le virus positif aurait fini toutes les corrections de son ADN. À l'aide de la puce, j'ai su exactement quand c'était arrivé. Mes collaborateurs que j'avais envoyés au hameau, l'ont suivie et quand elle entra dans une classe au Centre de loisirs pour faire de la peinture ou bien de la musique, je ne me rappelle plus, il lui proposèrent de regarder quelques images qui étaient imprégnées d'une forte substance inodore. Viviane perdit tout de suite connaissance. Alors ils lui introduisirent dans l'utérus l'embryon obtenu suite à la fusion d'un ovule énucléé de Régine et d'une cellule du tissu de son utérus. On pourrait dire que tu n'es pas le clone de l'autre Régine, tu es Régine elle-même, car le tissu et les ovules lui appartenaient et tu as grandi dans l'utérus de sa mère.

— Vous êtes un monstre! Un égoïste! Si vous l'aviez vraiment aimée, vous lui auriez introduit le virus positif tout de suite après vous être débarrassé d' Octopode. Mais vous aviez peur de la perdre. Vous vouliez qu'elle dépende de vous. Vous l'avez même effacée de la mémoire de ses parents. Non pas pour leur épargner la souffrance. Non! Vous ne vouliez pas qu'ils vous détestent. Ma mère a éloigné de sa vue l'album des photos, parce qu'il la troublait. Elle me disait que lorsqu'elle regardait l'album elle avait la sensation que quelque chose était enfoui au plus profond de son cerveau, qu'elle n'arrivait pas à libérer. Pour qui vous prenez-vous? Vous vous croyez mieux que Dieu! Vous considérez que Dieu est imparfait et que vous avez corrigé Ses fautes. L'avez-vous jamais remercié pour le don qu'Il vous avait offert et de vous avoir choisi comme outil pour vaincre le mal? Pourquoi les gens ne connaissent-ils pas Son nom, ne Lui adressent-ils pas de louanges? Parce que vous considérez que c'est vous Dieu?

— Mais personne ne me connaît, les gens ont oublié comment c'était avant le virus positif et la puce!

— Les gens! Vous vous en fichez éperdument! C'est Dieu même que vous défiez!

— Régine, j'ai beaucoup souffert à cause de mon handicap, j'avais peur d'être ridiculisé. J'ai perdu très tôt mes parents, j'étais seul au monde. Je sais que tu vas me détester encore plus, mais quand j'avais appris que ma Régine était dans un fauteuil roulant j'étais heureux. Nous étions handicapés tous les deux. Je ne me sentais plus inférieur devant elle. Elle dépendait de moi et moi, j'adorais m'occuper d'elle. Voilà pourquoi je n'étais pas pressé de la guérir. Je me disais que puisque nous serions immortels, nous avions tout le temps devant nous. Pour le moment, je voulais profiter de son impuissance. Mais tu as tort de dire que je défie Dieu. Je Lui adresse mes prières chaque jour et Le remercie de m'avoir permis d'essayer de sauver l'humanité.

— Mais pourquoi vous faire castrer? Vous auriez pu accomplir ce travail sans vous sacrifier, être heureux avec la femme aimée…

— Je pensais que c'était un signe. Que pour y aboutir je devais me sacrifier.

— Sauf que vous avez sacrifié votre épouse aussi. Avez-vous fait d'autres sacrifices?

— Hélas, oui. Théo et les douze collaborateurs sont immortels mais ils ne se marieront jamais. Tudor est immortel, il pourra se marier mais il n'aura pas d'enfants. Toi, tu es aussi immortelle, tu pourras te marier mais toi, non plus, tu n'auras pas d'enfants. C'est le prix à payer pour l'immortalité.

— Mais je ne veux pas être immortelle! Pourquoi avez-vous décidé pour moi? Je veux vivre une vie normale, épouser l' homme que j'aimerais, avoir des enfants et mourir à cent cinquante ans. J'exige que vous reprogrammiez ma puce!

— Impossible! Tudor t'aime. Il ne supportera pas de te perdre. Il exigera d'être lui aussi mortel. Et ça, je ne l'admettrais jamais!

— Maintenant, votre mission est presque accomplie. Serez-vous heureux de continuer de mener la vie que vous avez? Toujours seul, sans connaître l'amour, sans quelqu'un qui vous aime et qui vous attende à la maison. Mes parents, ainsi que les habitants du hameau, sont vraiment heureux. Ils sont ensemble, ils se parlent, ils font l'amour, ils ont des enfants. Voilà le vrai bonheur! Tandis que vous, vous serez l'éternel solitaire!

Régine se leva et quitta la maison en courant. Elle ne voulait pas pleurer devant lui. Pleurer d'impuissance, de rage. Elle était consciente de l'énorme travail que Georges avait fait. Ses parents étaient heureux parce qu'ils étaient jeunes, ils n'étaient pas malades, ne devaient pas s'inquiéter pour le lendemain. Mais quand même!

***

Resté seul, Georges se prit la tête entre les mains et se mit à faire les cent pas. La vue de cette jeune fille qui était le clone de sa Régine bien aimée l'avait profondément bouleversé. Il avait fait des efforts surhumains pour ne pas se jeter à ses pieds, enfouir sa tête dans l'ourlet de sa robe, la prendre dans ses bras et l'embrasser comme un fou. Comme il l'aimait! Durant toutes ses années il n'avait pas cessé de l'aimer. Il comprit qu'il ne voulait plus vivre sans elle. Jusqu'alors il avait vécu pour Tudor, pour le salut de l'Humanité. Mais Tudor allait se marier et le quitter bientôt. La Terre était sauvée. Les collaborateurs se débrouilleraient sans lui. Georges sentit une lassitude dans tout son corps. Il en avait marre! Régine avait raison, il était l'éternel solitaire. Et il prit la décision. Après avoir accompli son devoir, il avait le droit de penser à lui-même. Il avait droit au bonheur! Georges sortit de la maison et partit au laboratoire. Il était trop bouleversé pour s'endormir.

Arrivé au laboratoire, Georges s'approcha du côté du mur derrière lequel se trouvait le grand incubateur où M. Octopode gardait ses clones. Georges lui avait demandé de changer les données et c'était déjà lui qui faisait coulisser la paroi. Les clones n'y étaient plus. Il avait ordonné à ses collaborateurs de les déconnecter des appareils et de les enterrer. Sur une table il y avait un grand écrin en verre épais rempli d'un liquide dont la composition chimique était pareille à celle du corps humain. Dans l'écrin on voyait un utérus féminin. Différents tuyaux partaient de l'utérus vers la voûte de l'écrin doté d'appareils qui l'alimentaient avec du sang. Dans sa partie inférieure, l'utérus était lié avec un vagin artificiel dont le bout sortait de l'écrin et était uni avec un tuyau transparent. Il vit que l'utérus avait eu ses règles. L'utérus de Viviane… Il avait su qu'un jour il ne résisterait pas et voudrait ressusciter sa Régine. Mais pour cela il fallait que Viviane soit sa mère porteuse. Voilà pourquoi, le jour où Viviane avait accouché, il avait ordonné à ses collaborateurs d'extirper son utérus et de remplir une grande seringue du sang de Viviane. L'appareil qui se trouvait sur l'écrin contenait un cœur artificiel qui pompait le sang vers des poumons artificiels et vers l'utérus. Il y avait un autre appareil qui multipliait et régénérait les leucocytes et les globules rouges du sang de Viviane. Une pompe nettoyait le liquide de l'écrin. Son coeur battait la chamade et son regard passait de l'utérus au Cryoconservateur, dans lequel étaient stockées des cellules du tissu du corps de Régine et ses ovules. Il aurait dû les détruire quand le clonage avait réussi. Mais il n'avait pas eu le courage de le faire. Et voilà qu'il se tenait debout au milieu de l'incubateur, n'étant capable de prendre aucune décision. Il était venu au laboratoire fermement résolu à procéder au clonage. Mais il pensa à sa Régine et son enthousiasme se dissipa. Ce serait trahir sa mémoire. Car il l'avait sacrifiée en décidant de se faire castrer. Ca suffit! Tu te tourmentes depuis que tu as eu l'idée stupide de te procurer l'utérus de Viviane. Finis-en et calme-toi! D'un pas ferme, il se dirigea vers l'écrin, décidé à débrancher tous les tuyaux. Mais une fois à côté de l'écrin, il s'arrêta sidéré sur place en regardant comme hypnotisé l'utérus. Georges ferma les yeux, inspira profondément, se tourna et quitta précipitamment l'incubateur.

***

— Oh, Andréane, mon fils chéri! Régine pleurait amèrement contre la poitrine de Tudor, qui lui caressait les cheveux avec tendresse. Notre fils vient de mourir tandis que nous, nous sommes immortels! À quoi bon cette immortalité si je dois perdre ceux que j'aime. Au moins, tout oublier comme les mortels.

...Le jour où Régine déplorait la mort de ses parents, Tudor lui annonça qu'un couple était décédé. Ils étaient tombés du haut d'une falaise. Le mari avait une hémorragie. Sa femme était inconsciente et n'avait pas pu le soigner. Il était mort. Et puisque les puces des couples fusionnent, elle était morte aussi. Leur petit garçon de quelques mois était resté orphelin. Il lui demanda si elle voudrait qu'ils l'adoptent. Régine était très émue. Elle avait mauvaise conscience en pensant au couple mort, mais elle était si heureuse d'avoir, enfin, un bébé! Elle en remercia Dieu, en se disant qu'il la compensait pour la perte de ses parents. Elle aima tout de suite le petit bout de chou. Dès qu'elle le prit contre sa poitrine et que ses mains minuscules serrèrent son doigt, elle l'aima éperdument. Elle l'appela Andréane, en composant les prénoms de ses parents: André, plus la troisième syllabe de Vi-vi-ane. Comme ça, quand elle prononcerait le prénom de son fils, elle appellerait ses deux parents à la fois. Tudor l'aimait, lui aussi, de tout son cœur. Et il était très content de voir la tristesse disparue du visage de sa chère épouse. Comme c'était mignon de donner le bain à son fils. Et puis, lui donner le biberon et le regarder dormir dans ses bras. Régine lui lisait des poésies, des histoires, lui apprenait à lire et à écrire. Ils allaient quelques fois par semaine au hameau des Séquoias. Comme ils avaient un enfant, Régine eut le droit de garder la maison de ses parents. C'est là qu'ils s'arrêtaient quand ils allaient au hameau.Son fils adorait s'occuper au Centre de loisirs. Il s'était fait des camarades avec lesquels il jouait et s'amusait. Régine aussi, adorait le hameau des Séquoia. Elle y avait grandi. Là se trouvaient ses camarades d'école. Ils continuaient de se rencontrer et faire la fête. Après avoir appris de Georges qu'elle était le clone de son épouse, Régine n'aimait plus habiter là-bas. Elle n'en parlait pas à Tudor, parce qu'elle avait promis à Georges de se taire. Mais dès qu'elle en avait la possibilité, elle emmenait son fils au hameau. Quand Andréane devint adulte, il tomba amoureux d'une jeune fille du hameau. Celle-ci l'aimait aussi. Leurs puces fusionnèrent et ils se marièrent. Et puis, Tudor et Régine devinrent grands-parents. Ils passaient beaucoup de temps avec la famille de leur fils. Ils voulaient en profiter le plus longtemps possible, sachant que bientôt ils ne les verraient plus. Ce sentiment était renforcé par la période de chagrin que Régine traversait. Elle perdait, l'un après l'autre, ses camarades. Dès qu'ils disparaissaient, consommés par leurs puces, personne ne se rappelait plus d'eux. À part Régine et Tudor. Et ils en souffraient. Ils se rendaient compte qu'un jour viendrait où ils n'auraient plus d'amis. Si, ils se feraient des amis, mais ce ne serait pas pareil, ils n'auraient pas grandi ensemble. Et ce jour-là, ce fut le tour de leur fils bien-aimé de les quitter. Le matin il leur envoya un appel télépathique, leur disant que sa femme et lui, ils avaient entendu le déclic dans la tête. Le déclic les prévenait que dans quelques heures ils allaient mourir. Régine et Tudor vinrent tout de suite. Ils restèrent pendant quelque temps serrés tous les quatre et communiquaient télépathiquement. Ensuite Régine et son mari se retirèrent, les laissant faire leurs adieux aux enfants. Quelques heures plus tard, Régine regarda l'intérieur de sa poignée: le code de la puce de son fils avait disparu.

***

Georges n'avait pas mis les pieds dans l'incubateur durant quelques centaines d'années. Un de ses collaborateurs y allait vérifier que tout fonctionnait bien. Il s'occupait du nettoyage de l'incubateur. Comme tous ses collaborateurs étaient programmés à obéir à sa voix, il avait ordonné à celui-là de ne parler à personne de l'existence de l'incubateur. Il s'était presque calmé et pensait avec ironie qu'il avait failli succomber à un moment de faiblesse. Mais un soir… D'habitude il restait au château quand Régine et Tudor étaient à la maison. Surtout quand leur fils, qu'ils avaient adopté, était petit. Il savait que Régine n'aurait pas supporté qu'il soit là. Car c'était à cause de lui qu'ils ne pouvaient pas avoir d'enfants. Sa maison lui manquait. Mais ce soir-là ils devaient être absents et Georges décida de rentrer. Andréane était décédé depuis quelque temps et Régine ne s'en remettait pas. Tudor lui avait dit qu'il voulait l'emmener dans un voyage autour du monde. Donc, persuadé qu'il n'y avait personne à la maison, Georges ouvrit la porte du salon. Et s'arrêta stupéfait. La lumière était éteinte. La pièce était faiblement éclairée par quelques bougies parfumées qui répendaient un léger parfum de jasmin. En face de la cheminée, Georges vit Régine. Elle peignait ses cheveux flamboyants devant le miroir. Elle avait de très beaux cheveux qui lui arrivaient sous la taille. Régine était habillée d'une chemise de nuit en batiste longue jusqu'aux chevilles. Elle était presque transparente, permettant d'entrevoir son corps nu, d'une beauté de déesse. Elle entendit la porte et, croyant que c'était son mari, s'élança à sa rencontre. La chemise s'était ouverte et était tombée sur une épaule, exposant à la vue de Georges un sein blanc et délicat au téton rose et dur qui paraissait le défier. Il aurait dû tourner le dos à Régine et s'en aller. Mais il ne bougea pas, regardant comme fasciné ce téton qui ressemblait à un bouton de rose. Il ne sentit pas de désir, mais se dit que s'il avait été un homme normal, il aurait voulu le prendre dans la bouche et le caresser avec sa langue. Comme dans les films qu'il avait regardés dans sa jeunesse. Régine se rendit compte que ce n'était pas Tudor et s'arrêta embarrassée. Elle remarqua les traits crispés du visage de Georges et son regard qui dévorait son sein nu. Elle eut honte, couvrit sa poitrine avec ses deux mains et monta en courant, l'escalier. Georges appuya son front brûlant contre le mur. Il se demandait si ce qu'il venait de voir était réel ou bien une hallucination. Il ferma les yeux et revit le corps merveilleux de Régine et son sein blanc au téton rose. Et il comprit qu'il avait perdu la bataille contre l'appel de la chair. Il sortit de la maison et retourna au laboratoire. Une fois arrivé, il se changea précipitamment et entra dans l'incubateur.

Georges mit un écran facial complet, des cryogants épais, un tablier de laboratoire et s'approcha du Cryoconservateur à -196°C à azote en phase vapeur. Il en retira deux tubes de leurs emplacements de stockage. L'un contenait des cellules du tissu du corps de Régine et l'autre des ovules de Régine. Il plaça les récipients dans de l'eau tiède en les agitant doucement jusqu'à décongélation complète. Il prit ensuite délicatement les ovules matures, les plaça sous un microscope et les vida de leurs noyaux ; puis il prit les cellules cultivées, en plaça une à côté d'un ovule énucléé et induisit un petit champ électrique très bref. Les membranes fusionnèrent entre elles, permettant au noyau d'entrer dans l'ovule. Il remit ensuite la cellule œuf reconstituée dans l'étuve, dans un milieu de culture particulier qui lui permettrait de se diviser.

Quelques jours plus tard, Georges revint et transplanta l'embryon dans l'utérus de Viviane placé dans l'écrin. La procréation de sa Régine avait réussi!

Il vérifiait quelque fois par jour si la gestation se déroulait sans problèmes et éprouvait une grande émotion à la vue de l'utérus qui devenait chaque fois plus volumineux. Il pleura lorsqu'il entendit les battements du cœur du fœtus et quand celui-ci bougea. Quand il eut cinq mois, Georges le retira de l'utérus, car il était trop lourd. Il plaça la nouvelle-née dans un incubateur où elle allait rester en état de coma durant vingt ans. Mais, avant de placer l'enfant dans l'incubateur, Georges lui injecta une puce qui devait stimuler la mémoire stockée dans ses cellules. Il avait besoin que le clone de sa Régine ait aussi sa conscience et sa mémoire. À la sortie de l'incubateur, Régine devait se rappeler de tout jusqu'au moment où Georges lui avait prélevé du tissu de son corps et des ovules.

Une fois le clone dans l'incubateur, Georges décida de s'occuper de lui-même. Il mit l'équipement nécessaire et s'approcha du Cryoconservateur et en retira un tube. Il contenait des cellules souches de l'organe génital de son clone à lui, Tudor. Quand il avait vu que le clonage de Régine avait réussi, il avait invité Tudor au laboratoire. Il lui avait provoqué un profond évanouissement à l'aide de la fameuse substance inodore et avait prélevé du tissu de son organe génital. Il n'y avait pas besoin de bioprinting, il suffisait qu'il y ait quelques cellules d'un organe manquant, pour que le virus positif le fasse pousser. Le virus positif avait rendu aux gens les doigts, les bras ou bien les jambes cassées. Il avait fait pousser des reins, des poumons à ceux qui n'en avaient qu'un. Si on avait laissé à Viviane une partie minuscule de l'utérus, il aurait repoussé. Viviane s'était souvent demandé pourquoi leur couple n'avait pas deux enfants comme les autres couples du hameau.

Après avoir décongelé complètement le tube, Georges mit les cellules en culture. Quarante-huit heures plus tard il se réinjecta dans le pelvis les cellules cultivées afin de restaurer la fonction de son organe génital défaillant. Sur l'un des murs du laboratoire il y avait un miroir. Georges s'en approcha et se regarda. Alors, Georges, es-tu satisfait? As-tu des remords? Il n'en savait rien. Il se regardait dans le miroir et il voyait dans ses yeux une profonde déception. Lui, qui se croyait un élu, que même penser au contact sexuel dégoûtait, était tombé si bas, qu'il était prêt à tout pour serrer dans ses bras l'unique femme qu'il ait jamais aimée. Et pour connaître ce qu'était l'amour physique.

Georges devait surveiller le clone de l'incubateur. Que tous les éléments nécessaires, toutes les vitamines lui soient administrés. L'incubateur était doté d'appareils qui faisaient que le clone change de position et qui lui massaient le corps pour que les muscles se développent. Il s'installa au château. Mais pas aux étages, avec les autres collaborateurs. Ni dans l'appartement que M. Octopode avait jadis mis à sa disposition. Il y avait autre chose… Un jour, il avait demandé à M. Octopode de changer les données pour que désormais Georges ouvre l'entrée dans l'incubateur. Quand les données furent changées, Georges voulut vérifier comment cela marchait. Il fit coulisser le mur et invita M.Octopode à entrer dans l'incubateur. Il voulait le faire souffrir à la vue des clones de sa famille. Mais Octopode ne regardait pas les clones. Il regardait effrayé vers le fond de l'incubateur.

— Quoi? Qu'est-ce qu'il y a? Allez, viens me montrer ce que tu regardes.

Georges laissa M.Octopode avancer et celui-ci alla vers le mur du fond et mit sa paume sur un voyant. Le mur coulissa, ouvrant l'entrée dans un énorme hall.

— Encore une cachette! S'exclama Georges. Allez, fais le guide!

Ils entrèrent dans le hall. Il était très large et complètement illuminé. Sa voûte très haute était en verre et la lumière du soleil pénétrait à l'intérieur. Regardée de dehors, c'était une colline. Le hall était aménagé en jardin: des arbres et arbustes poussaient dans d'énormes pots, des fleurs de toutes les formes et couleurs égayaient l'œil. Un tapis d'herbe fine et verte couvrait le sol. Un sentier couvert de galet menait vers une large piscine de forme ovale. Dans la piscine, différents poissons multicolores nageaient. Une fontaine en forme de lotus sortait du milieu de la piscine et de l'eau jaillissait de chacun de ses pétales. Autour de la piscine, il y avait des sculptures représentant des jeunes filles qui tenaient dans leurs mains des réverbères en forme de pomme. Un autre sentier partait de la piscine vers une terrasse, sur laquelle il y avait une table, des chaises, un distributeur de café et de glaces. Il y avait une porte qui donnait accès à l'intérieur. M. Octopode ouvrit la porte et il pénétrèrent dans un couloir large et long qui imitait une ruelle de campagne. Des lampes cachées diffusaient la lumière du soleil dans la journée. La nuit la lumière rappelait celle de la lune. L'air était frais et pur. De part et d'autre de la «rue» il y avait des «maisonnettes». Les quatres «maisonnettes» de droite étaient des chambres à coucher avec toilette et salle de bain. La première «maisonnette» de gauche était la cuisine avec la salle à manger et le salon. La deuxième contenait une énorme salle de sport, la troisième et la quatrième — les salles de loisirs. Au bout de la «ruelle» il y avait une petite clairière. Mais elle était virtuelle. Quand ils approchèrent, M. Octopode appuya sur une télécommande et la clairière disparut et un grand écran s'alluma. On pouvait voir ce qui se passait dans toutes les pièces du château.

Georges était époustouflé:

— Incroyable! Des gens meurent de faim, tandis que tu passais ton temps à aménager des hameaux dans le ciel et sous la terre!

M.Octopode avait raconté à Georges qu'il avait placé quelques personnes dans des appartements à côté de ceux des cobayes, qui s'occupaient de l'entretien du hameau. Il leur bandait les yeux avant de les y conduire.

C'est là que Georges décida de vivre en attendant que le clone se développe et que son organe génital repousse. Ce serait l'endroit idéal où il installerait Régine. Il y avait trois personnes qu'il ne pourrait pas regarder dans les yeux: son fils Tudor, son épouse et Théo. Comment reconnaître qu'il avait basculé et succombé à la tentation?

***

Georges était très ému, le moment qu'il attendait depuis vingt ans était venu. Régine, sa Régine, devait sortir de l'incubateur. Il ouvrit l'incubateur, la prit précautionneusement dans les bras et la mit sur le lit où elle allait passer quelques jours pour sortir de l'état de coma. Il ajusta les tuyaux qui devaient maintenir sa respiration et brancha l'appareil de surveillance de la tension artérielle. Il lui introduisit le virus positif, pour que celui-ci fasse les corrections nécessaires dans son ADN. Ensuite il s'arrêta près du lit et la contempla. Comme elle était belle! Il se rappela le jour où il était allé «la» voir à l'hôpital après son accident. Elle dormait, comme ça, dans le lit. Il se rappela avoir admiré sa beauté. Mais c'était différent. Cette fois-ci il éprouvait un sentiment très fort, inconnu jusqu'alors: le désir. Il en avait peur, mais en même temps, il était exalté. Vivement qu'elle se réveille! Il restait une chose qui l'inquiétait. La puce, avait-elle éveillé sa mémoire, allait- elle se souvenir de lui, ou bien aurait-elle, à son réveil, la mentalité d'un bébé?

Georges était tout le temps au chevet de Régine. Il lui racontait des poésies, il lui lisait des histoires, lui mettait de la musique classique. Il lui massait le corps avec des huiles essentielles. C'était si délicieux de lui caresser les seins et de descendre doucement la main entre ses cuisses. Il était émerveillé de voir que même dans l'état de coma, les mamelons de Régine durcissaient et elle écartait légèrement les jambes quand il lui caressait le corps.

Au bout d'une semaine, Régine ouvrit les yeux. Pendant quelques instants, elle fixa un point sur le plafond. Puis son regard commença à errer dans la pièce. Georges se figea: quelle serait sa réaction quand elle le verrait? Régine tourna lentement la tête vers lui. Leurs regards se rencontrèrent et ils se contemplèrent pendant quelques instants. Régine lui sourit:

— Georges, j'ai fait un rêve. Tu me massais le corps, mais pas comme tu le fais d'habitude, délicatement. Dans tes caresses il y avait de la passion, comme si tu désirais mon corps. As-tu prélevé mes ovules? Est-ce que tu me permettras d'assister à la procréation de ton clone?

— Bonjour, Régine. Je suis très coupable devant toi et ne sais pas si tu me pardonneras jamais. J'ai voulu plaisanter en te disant que je m'étais fait castrer.

— Oh, Georges, mais c'est super! C'est la meilleure blague que j'aie jamais entendue!

— Attends, Régine, laisse-moi te parler. Je t'avais dit que je m'étais fait castrer et t'avais emmenée au laboratoire, en disant que je voulais récupérer tes ovules. En réalité, je voulais te plonger dans un léger état de coma et t'injecter le virus positif. Dans quelques mois, quand tu te serais réveillée, tu aurais pu marcher, ton ADN aurait été parfait et moi-aussi, j'aurais été guéri de mon handicap. Mais il s'est passé quelque chose d'imprévu. Ton corps n'a pas pu gérer le stress et tu as plongé dans un coma profond qui a duré plus d'une année.

— Plus d'une année! Et mes parents, pourquoi ne les ai-je pas entendus me parler? C'était ta voix uniquement que j'entendais.

— Ils ont été victimes d'un accident. Je n'ai pas réussi à les sauver. Ils sont morts sur place.

— Non! Non! Non! Régine se mit à sangloter. Il y avait tant de douleur et de désespoir dans sa voix. Georges la prit doucement dans ses bras et la berçait comme un enfant. Georges, tu es le plus gros con du monde! Tu mens à Régine et tu la fais souffrir... Non. Je ne vais plus penser à cela. Demain une nouvelle vie commencera. Et puis, n'ai-je pas le droit de faire, de temps en temps, ce que je veux?

Georges mit un peignoir et des chaussons à Régine et l'aida à se lever. Elle avait des vertiges et ne pouvait pas tenir debout. Il la maintenait par les mains et l'aidait à faire les premiers pas. Régine était très émue. Elle marchait de nouveau! Elle ressentait ses jambes et pouvait les déplacer! Elle se sentit très vite fatiguée et Georges l'aida à s'allonger sur le lit de l'incubateur. Elle allait passer quelques jours dans l'incubateur pour que Georges puisse surveiller son activité physiologique. Il sortit et revint quelque temps plus tard avec un plateau sur lequel il y avait du jus de fruits, un yaourt et un biscuit minuscule aux céréales. Il fallait y aller tout doucement. Le corps de Régine devait apprendre à assimiler la nourriture.

Une semaine plus tard, Régine se déplaçait toute seule et avait repris ses forces. Un jour Georges lui dit:

— Régine, pendant quelque temps nous allons habiter un endroit que personne ne connaît. Nous n'avons pas réussi à introduire les puces à tout le monde et c'est dangereux de rester seule à la maison quand je ne suis pas là. Je ne veux pas prendre de risques (mon Dieu, j'enchaine les mensonges, je finirai par y croire moi-même). Ferme les yeux, je vais te montrer notre nouvelle demeure.

Il la prit par la main, fit coulisser la paroi qui séparait l'incubateur de la cachette. Arrivés dans le hall, Georges dit à Régine d'ouvrir les yeux. Régine poussa une exclamation de surprise à la vue de la beauté du hall. Mais Georges ne la laissa pas l'admirer longtemps. Il l'entraîna à l'intérieur du hameau. Ils se promenèrent dans la rue du hameau et Georges ouvrit l'une après l'autre les portes des «maisonnettes», montrant à Régine ce qu'elles contenaient. Enfin, ils entrèrent dans une des «maisonnettes» servant de chambre à coucher. Georges conduisit Régine dans la salle de bain, très spacieuse et belle. Ils ôtèrent leurs vêtements et descendirent dans une énorme baignoire, remplie d'eau parfumée et parsemée de pétales de roses. Elle était dotée d'une large couchette en caoutchouc, dont la partie destinée à poser la tête sortait de l'eau. L'eau leur arrivait jusqu'à la taille. Comme ils étaient beaux! On aurait dit deux Dieux, avec leurs corps parfaits et leurs traits exquis. Ils étaient debout, l'un en face de l'autre et se regardaient dans les yeux. Régine avait le souffle coupé. Combien de fois avait-elle rêvé du moment où il la regarderait comme ça! Georges prit doucement les mains de Régine et les embrassa avec tendresse. Puis il la prit par les épaules et l'attira vers lui. Il lui souleva le menton et approcha son visage du sien.

— Régine, depuis quelque temps je ressens dans mon corps quelque chose qui me fascine et qui m'effraie à la fois. J'ai peur d'être ridicule. Aide-moi, Régine. Aide-moi à te faire l'amour!

— Georges, mon amour...

Régine enroula le corps de Georges avec ses mains et frotta légèrement ses seins contre son torse musclé. Ensuite elle descendit une main le long du dos de son amant en lui grattant doucement la peau avec ses ongles. Puis elle se souleva sur la pointe de ses pieds et l'embrassa sur la bouche. Georges avait les yeux fermés. Il tremblait de tout son corps. Il éprouvait un désir si violent qu'il en avait mal. Il serra Régine avec force dans ses bras et l'embrassa longuement avec passion. Après il perdit tout contrôle, il poussait des gémissements étouffés, il embrassait avec fureur son visage, son cou. Il massait avec ses mains les seins de Régine, prenait dans la bouche ses mamelons et les écrasait avec sa langue. Il souleva Régine étendue au dessus de l'eau et lui embrassa le ventre, le pubis et les jambes. Puis la déposa sur la couchette, s'allongea sur elle et la pénétra. Et tout de suite il éjacula. La sensation fut si forte qu'il se rendit compte que jamais il n'avait éprouvé pareil délice, pareille délivrance. Georges enfouit le visage dans le cou de Régine. Elle lui caressait tendrement les cheveux. Ça y est! Il est à moi. Il m'a fait l'amour! Est-ce vrai ou bien je rêve?

— Pardonne-moi, Régine, si je t'ai fait mal, je n'ai pas réussi à me contrôler. Quel bonheur! Désormais je ne pourrais pas me passer de toi, de ton corps.

Et une nouvelle vague de désir le submergea…

Ils restèrent enfermés dans le hameau plusieurs jours, ou peut-être, même, semaines, en perdant la notion du temps. Ils se promenaient tout nus et faisaient l'amour où bon leur paraissait. Georges apprit à contrôler ses émotions et devint un amant parfait. Quant à Régine, elle était très douée et le surprenait en lui apprenant à la découvrir. Quand il eut satisfait un peu ses désirs et ses passions se calmèrent un peu, Georges commença à se demander comment allaient son fils et ses collaborateurs. Il aurait allumé l'écran pour voir ce qui se passait au château, mais ne voulait pas que Régine le sache. Elle pourrait comprendre qu'il lui mentait et alors, tout serait perdu. Il l'avait prévenue qu'il la laisserait seule de temps en temps. Un matin, quand Régine dormait encore, il sortit du hameau et partit au laboratoire. Il vit ses collaborateurs, écouta les comptes-rendus. Mais ses pensées étaient dirigées vers Régine. Elle lui manquait. Rien qu'en pensant à son corps et aux délices que celui-là lui procurait, Georges oublia ses intentions d'aller voir son fils et se précipita de rentrer au hameau. Elle courut à sa rencontre et se colla contre lui.

— Georges, tu m'a manqué!

— Et toi aussi, ma chérie! — et il firent l'amour au bord de la piscine.

Régine lui demanda de lui apporter toutes ses affaires restées dans leur maison. Georges choisit un jour quand Tudor et son épouse étaient absents, rentra à la maison et lui apporta tous les vêtements, des livres, des vidéos, des disques de musique. Elle en fut ravie et quand il rentrait le soir, il était agréablement surpris. Régine préparait des plats délicieux, mettait de beaux couverts. Elle portait des robes élégantes qui mettaient en valeur son corps splendide. Ils dînaient ensemble aux sons d'une musique agréable. Georges aimait, lui aussi, faire des surprises à Régine. Il lui apportait des fleurs, des bijoux, du chocolat. Mais le hameau avait une particularité, une fois dedans, on perdait la notion du temps. Un jour au hameau équivalait à une semaine à l'extérieur. Georges avait compris cela quand il avait commencé à habiter tout seul le hameau. Mais il ne souffla pas un mot à Régine pour ne pas la désespérer. Elle pensait qu'il rentrait quelques fois par jour, parce qu'elle lui manquait, pour lui faire l'amour et pour faire la sieste. Elle était sûre qu'il était fou d'elle. Ils vécurent comme ça, dans le bonheur, quelques années, d'après le calendrier du hameau. Régine adorait s'occuper de l'entretien du hameau, arroser les plantes, nourrir les poissons. Elle pouvait rester des heures sur le bord de la piscine et regarder les poissons. Elle passait beaucoup de temps dans la salle de sport. Dès qu'elle choisissait sur la télécommande le sport qu'elle voulait pratiquer, tout de suite, une équipe virtuelle apparaissait, car tous les murs étaient, de haut en bas, des écrans. Si elle faisait de la musculation, des personnes à sa droite et à sa gauche faisaient aussi de la musculation. Si elle tournait la tête vers eux, ils la saluaient. En face il y avait un coach, qui les encourageait et leur faisait des remarques. La même chose dans la salle de loisirs. Elle voulut apprendre à jouer d'un instrument musical. C'est étonnant, mais elle choisit l'accordéon. L'écran s'alluma et le professeur y apparut. Il salua Régine et commença le cours. Mais ce qui était surprenant, c'est qu'il répondait à ses questions et la corrigeait! Elle participait aussi à un cénacle littéraire. Elle prenait place dans un fauteuil, les murs s'allumaient et des personnes assises dans des fauteuils apparaissaient. Ils faisaient connaissance et après s'appelaient par leurs prénoms. Régine leur parlait du livre qu'elle venait de lire et tous commençaient à en parler. Et ainsi de suite.

Mais un beau jour, Georges devina un petit changement chez sa bien-aimée, qui la rendait différente de sa donatrice. Mais quoi? Et voilà qu'il comprit. Elle se rendait compte qu'il était sous l'emprise de son corps et en profitait. Elle était parfois très charmante, mais d'un coup, devenait capricieuse et ne changeait d'humeur que lorsqu'il accomplissait ses désirs. Cette découverte l'attrista parce qu'il comprit qu'elle ne l'aimait pas aussi fort que la première. Celle-là, dans son fauteuil roulant, l'aimait avec dévotion, elle rêvait de lui, elle dépendait de lui. Tandis que celle-ci voulait le subjuguer, le manipuler. Il avait besoin de rester maître de lui et de la situation. Pour qu'elle comprenne qu'il ne se laisserait pas faire, Georges ne rentrait pas chaque soir au hameau, disant à Régine qu'il avait beaucoup de travail. Il dormait dans l'appartement que M. Octopode avait mis à sa disposition. C'était presque insupportable, parce qu'il voulait être avec Régine, la serrer dans ses bras. De retour au hameau, il ne se précipitait pas pour l'embrasser, attendant que Régine vienne vers lui. Au début, cela marchait très bien. Régine ne faisait plus de caprices. Mais avec le temps, cette attitude déclencha chez Régine de la jalousie. Elle lui reprochait ses absences, disant qu'il devait avoir une maîtresse. Elle pleurait et s'enfermait dans une autre «maisonnette», refusant de coucher avec lui. La situation devint tendue. Un jour, Georges la prit par la main et l'emmena au bord de la piscine. Ils s'assirent en plongeant les pieds dans l'eau. Des poissons vinrent jouer avec leurs orteils.

— Régine, il faut qu'on parle. On ne peut plus continuer comme ça. Il n'y a personne dans ma vie. Je t'aime, je suis fou de toi.Mais cela ne te donne pas le droit de me manipuler. Je veux que tu continues de m'aimer comme avant, quand tu étais dans ton fauteuil roulant.

— Georges, moi aussi, je t'aime éperdument. Je ne voulais pas te manipuler, je voulais te rappeler de m'aimer comme avant, quand j'étais dans le fauteuil roulant. Tu t'occupais de moi, tu me racontais ta journée. Tu me vénérais. Tandis que maintenant, tu ne penses qu'à me faire l'amour. Non, pas l'amour, les derniers temps on ne fait que du sexe. Est-ce que tu remarques jamais la robe que je mets, mes bijoux, ma coiffure?

Georges écoutait stupéfait. Ce que Régine disait était vrai. Faire du sexe et jouir étaient devenus une obsession. Ce qui l'intéressait était Régine nue dans ses bras. L'aimait-il encore? D'une certaine façon, oui. Comme n'importe quel objet, qui nous aide à satisfaire nos besoins.

Même dans son fauteuil roulant, l'autre Régine gardait son indépendance. Parce qu'un jour elle aurait pu marcher et faire le choix, rester avec lui ou bien refaire sa vie. Tandis que celle-ci était sa prisonnière. Elle était à sa merci. Elle ne l'intéressait plus comme personnalité. Il ne pouvait même pas lui raconter sa journée, comme il le faisait autrefois. Dès le début, il ne lui avait raconté que des salades.

Et puis, Régine commença à l'implorer de lui faire un enfant. Si elle avait un enfant, elle se sentirait moins seule et abandonnée. Chaque fois qu'il voulait coucher avec elle, Régine lui parlait de l'enfant. Il lui répondait qu'il fallait attendre encore un peu, qu'il ne voulait pas que leur enfant grandisse dans de pareilles conditions. Et puis, un matin, quand Georges s'apprêtait à partir au laboratoire, Régine tomba à genoux et lui attrapa les jambes avec ses mains.

— Georges, sors-moi d'ici, je t'en supplie! Emmène-moi avec toi! Je n'en peux plus de rester comme ça enfermée depuis des années! Je veux voir notre maison! Je n'ai peur de rien!

— Ne dis pas de bêtises! Georges l'écarta brutalement. Calme-toi! Je te sortirai d'ici dès que possible.

Georges fit quelques pas vers la porte et s'arrêta.

— À propos, — dit-il sans se retourner vers Régine. — Je vais partir dans une mission qui va durer, peut-être, une année. Tu auras tout le temps pour réfléchir à comment améliorer ton comportement, car il me répugne. — Et il sortit sans un regard pour Régine.

Comme elle le dégoûtait! Ce n'était plus du tout la même Régine qu'il avait tant aimée. Avec son sourire de reine. Alors que celle-ci… Avec ses yeux de chien battu… Et Georges esquissa une grimace de mépris. Il allait partir dans un pays éloigné, vivre parmi ses habitants et essayer de faire de l'ordre dans ses pensées. Et prendre une décision.

Depuis qu'il avait récupéré sa virilité, Georges avait radicalement changé. Il était devenu arrogant, fier de lui. Il ne comprenait pas que le problème était en lui et non en Régine.

***

Régine resta longtemps agenouillée, le front appuyé contre le plancher. Elle ne pleurait pas. Elle était anéantie par le comportement de Georges. Qu'il ne l'aimait plus, elle l'avait compris depuis longtemps. Mais elle ne pouvait pas comprendre pourquoi. Qu'est-ce qu'elle avait fait pour déclencher chez lui cette hostilité? Quand avait-elle perdu sa dignité et lui avait-elle permis de la traiter comme une chose? Car il avait beaucoup changé. Ne lui faisait plus de cadeaux. Il ne répondait pas à ses questions. Ne mangeait pas avec elle. Il était devenu autoritaire. Elle avait peur de lui. Car il pouvait lui crier dessus pour des broutilles. Mais au lit… Si durant plusieurs années elle avait adoré qu'il lui fasse l'amour, les derniers temps elle en était dégoûtée. Il était devenu pervers.

Régine se doutait que Georges lui cachait quelque chose, qu'il lui mentait. Et voilà qu'il l'abandonnait, la laissant enfermée dans ce palais souterrain dont personne ne connaissait l'existence. Elle pouvait crier à se casser la gorge, personne ne l'entendrait. Parce qu'il ne pouvait pas lui expliquer pourquoi il ne pouvait la sortir de là.

Régine avait le corps ankylosé. Elle était restée comme ça jusqu'après-midi. Elle se traîna avec difficulté et se coucha dans son lit. Elle ne voulait ni boire ni manger. Elle voulait mourir. Elle garda le lit pendant quelques jours, étant dans un état d'évanouissement. Mais elle était programmée immortelle. Son virus positif travaillait pour maintenir son corps en parfaite santé.

Régine frissonna. Elle ouvrit difficilement les yeux,essayant de comprendre où elle était. Elle était dans son lit et avait froid parce qu'elle avait mouillé les draps. Quelle horreur! Tous ses sens avaient été anéantis. Régine se laissa glisser du lit, enleva ses vêtements mouillés qui sentaient l'urine et se dirigea toute nue vers la cuisine. Elle marchait lentement en s'appuyant contre les murs. Arrivée dans la cuisine, Régine comprit qu'elle avait très soif. Elle but quelques verres d'eau d'affilée. Puis ouvrit le frigidaire et regarda longuement dedans. Il était comblé. Mais elle ne voulait pas manger. Elle prit une pastèque et la mit sur la table. Ensuite, alla chercher un grand couteau pour la couper. Et soudain, une idée lui vint dans la tête. Elle mit le bras gauche sur la table, ferma les yeux et donna un coup de couteau de toutes ses forces. La douleur fut terrible. En poussant un cri, Régine lâcha le couteau et s'évanouit. Quand elle recouvrit ses sens, elle crut un instant que son corps était mort et que son âme allait s'envoler. Elle attendit un peu, se disant qu'elle allait voir son corps gisant sur le plancher. Mais rien ne se passa. Alors, Régine se dit qu'il fallait rester comme ça pour se vider complètement de son sang. Au bout de quelques temps, elle ouvrit les yeux et regarda son bras. Il n'y avait aucune trace de couteau! Comme elle était immortelle, sa plaie s'était refermée tout de suite, pas une goutte de sang n'avait coulé. Georges l'avait privée de tout: d'amour, de liberté, de mort. Régine errait dans le hameau dans un état de profonde dépression. Elle ne se baignait pas, ne se peignait pas et ne se regardait pas dans le miroir. Elle mangeait n'importe quoi, ne faisait plus de sport et ne participait pas aux cénacles littéraires. Elle avait perdu toute notion du temps. L'unique endroit qu'elle aimait, c'était la piscine. Régine s'allongeait sur le bord et regardait pendant des heures les poissons s'amuser. Un jour, elle s'installa sur la terrasse et alla au distributeur prendre une glace. Soudain, elle ressentit un malaise et s'accrocha au distributeur. En tombant, elle le déplaça de sa place. Quand elle se releva, quelques minutes plus tard, elle essaya de le repousser. Mais il était trop lourd. Alors, Régine le contourna, voulant le tirer par derrière. Et resta sidérée: dans le mur, derrière le distributeur à glaces, il y avait une porte minuscule. Le cœur de Régine commença à battre la chamade, elle oublia sur place sa fatigue. Excitée, elle se mit à quatre pattes et l'ouvrit avec précaution. La lumière s'alluma automatiquement. Régine regarda dedans. C'était un ascenseur très étroit. Régine se faufila dedans et appuya sur le voyant «montée». Pourvu qu'il y ait une issue là-haut! Arrivée au plafond, une porte trappe s'ouvrit. Régine passa par l'ouverture de la porte trappe et pénétra dans une chambre toute petite. Il n'y avait pas de fenêtres, mais il y avait deux portes en bois. Régine les regardait fascinée. Qu'est-ce qu'il y avait derrière? Le cœur de Régine cognait très fort dans sa poitrine. Laquelle ouvrir? N'importe! D'un pas décidé, Régine s'approcha et ouvrit la porte qui était plus près d'elle. Et poussa un hurlement de terreur.

***

Tudor se leva doucement du lit, faisant attention à ne pas réveiller Régine. Descendit dans la cuisine, se prépara un café et sortit dans le jardin, la tasse de café dans la main. Son père venait de lui envoyer un message télépathique. Il l'informait qu'il était parti depuis quelques semaines faire le tour du monde et qu'il serait absent pendant une année. Il était triste. Parce que son père s'était éloigné de lui. Surtout, depuis qu'il avait épousé Régine. Tudor avait l'impression que son père fuyait Régine. Quand ils avaient adopté Andréane, il s'attendait à ce que son père prenne une part active dans son éducation. Mais lui, il ne rentrait presque pas à la maison. Et voilà qu'il était parti sans venir leur faire ses adieux. Tudor ne voulait pas en parler à Régine. Il avait remarqué qu'elle aussi cherchait à éviter la compagnie de son père. Ils auraient dû rester unis, une vraie famille. Cela faisait presque mille ans qu'ils étaient mariés. Ils s'aimaient comme au début. Mais ils n'avaient pas d'amis avec lesquels partager des souvenirs. À part Théo. Si avant, Régine adorait aller au hameau des Séquoias, après la mort de ses camarades, de leur fils et de leurs petits enfants, elle n'y mettait plus les pieds.

Une pulsation à l'intérieur du poignet gauche le tira de ses pensées. Il regarda. C'était le code de la puce de Régine. Il appuya le doigt et reçut son message télépathique: le petit déjeuner était prêt.

— Régine, mon père est parti depuis un mois dans un voyage et sera absent pendant une année. Il m'a demandé de m'occuper des affaires du laboratoire.

— Est-ce que je peux venir avec toi?

— Tu sais bien que mon père ne supportait pas que quelqu'un d'autre, à part ses collaborateurs, y entre.

— Je n'entrerai pas dans le laboratoire. Je veux me promener dans le château.

Arrivés au château, Tudor conduisit Régine devant l'entrée principale et lui, alla entrer par une porte latérale qui donnait accès uniquement au laboratoire.

Régine connaissait le château. Elle l'avait visité plusieurs fois, mais cette fois-là elle voulut visiter les caves. Elles étaient situées au niveau -1-, le laboratoire étant au niveau -2-. C'était un long couloir, bien éclairé. De part et d'autre il y avait des portes. Mais sur l'une Régine lut: «Cave à vins». Elle fut curieuse de voir comment était la cave à vins de M. Octopode, dont Tudor lui avait beaucoup parlé. Régine poussa la porte et entra dedans. Elle fut frappée par la quantité de tonneaux et de bouteilles bien rangés par ancienneté et par cépages. Au milieu il y avait une grande table ovale et des chaises. M. Octopode avait dû descendre déguster du vin avec ses invités. La jeune fille poussa une exclamation en voyant un Quad électrique tourné vers l'un des murs. Probablement pour porter les cases avec des bouteilles de vin. Régine s'approcha et monta sur le Quad. Elle s'amusait à toucher tous les voyants et à appuyer sur les pédales. Sa main toucha sous la selle un petit cordon. Intriguée, elle tira avec force. Et soudain, une porte invisible dans le mur s'ouvrit et le Quad démarra sur les chapeaux de roues et entra dans un tunnel qui s'ouvrait devant eux. Régine faillit tomber, elle réussit à peine à s'accrocher au guidon. Elle avait très peur, ne sachant pas comment maîtriser l'engin. Effrayée, Régine ferma les yeux, elle était sûre qu'elle allait s'écraser. Brusquement, le Quad baissa la vitesse et s'arrêta. Etonnée, Régine ouvrit les yeux et vit qu'elle était dans un sous-sol devant un escalier en pierre. Intriguée, elle monta les marches et arriva devant une porte en bois massif. Elle tendit la main vers la poignée, lorsque, d'un coup, la porte s'ouvrit. Régine hurla de terreur. Dans l'encadrement de la porte, il y avait une créature qui hurlait, elle aussi, de peur. Quand elles se calmèrent un peu, elles commencèrent à se dévisager. Au début avec angoisse, après, avec curiosité et bientôt, avec stupéfaction. Comme si elles se regardaient dans des miroirs tordus qui leur renvoyaient l'image déformée. Les deux femmes se rendaient compte qu'elles se ressemblaient comme deux gouttes d'eau. Sauf que l'une était très maigre, elle avait le visage pâle, des cernes autour des yeux, ses cheveux flamboyants emmêlés. Elle avait les pieds nus et était habillée d'un pyjama sale. Tout son être exprimait le désespoir. L'autre était proprement habillée, portait des chaussures commodes. Ses cheveux flamboyants, soigneusement peignés, étaient attachés en queue de cheval. Ses yeux et les traits de son visage rayonnaient de bonheur.

— Qui êtes-vous?

— Je m'appelle Régine. Et vous?

— Moi aussi, je m'appelle Régine. Mon Dieu, il semble que je deviens folle. D'où venez-vous?

— Venez voir. J'habite là-bas depuis plusieurs années. J'ai découvert tout à l'heure une porte secrète et un ascenseur qui m'a permis de monter jusqu'ici. Je vous en supplie, aidez-moi à m'enfuir! Si je devais retourner là-bas, je deviendrais folle. Et la jeune femme sanglotta.

— Mais qui vous a enfermée là-bas?

— Georges.

— Georges??! Mais pourquoi?

— Vous le connaissez? (et ne recevant pas de réponse) Il m'a dit qu'il n'avait pas réussi à introduire le virus positif et la puce à tout le monde et que c'était risqué que je reste seule à la maison pendant qu'il était au laboratoire.

— Régine, un jour on descendra visiter les appartements souterrains que vous avez habités. Mais maintenant, je vous emmène avec moi.

Régine appuya, à l'intérieur de son poignet, le code de la puce de Tudor et lui demanda de monter tout de suite à la cave à vins. Ensuite elle prit l'autre Régine par la main, lui dit de monter sur le Quad, de l'attraper et de bien s'y tenir. Arrivées à la cave, au moment où elles descendaient du Quad, une porte s'ouvrit et Tudor entra. Et s'arrêta ahuri sur le seuil de la porte. Il regardait les deux femmes, dont on dirait deux jumelles et se demandait qui pouvait bien être celle qui avait l'air si malheureuse. Quant à elle, en voyant Tudor entrer, elle s'arrêta comme paralysée sur place et tout son être exprimait l'angoisse.

En comprenant quelle était la raison de sa terreur, Régine lui dit:

— Calmez-vous, ce n'est pas Georges, c'est Tudor. Tudor, c'est Régine.

— Si je ne suis pas encore fou, je le serai bientôt. Si personne ne m'explique ce qui se passe.

— On a tous besoin d'explication, Tudor. Voilà pourquoi il faut rentrer inaperçus à la maison et essayer d'assembler les pièces de ce puzzle mystérieux.

Tudor sortit de la cave et revint bientôt, apportant un peignoir avec capuchon qu'il tendit à l'inconnue. Durant le trajet, celle-ci regardait comme fascinée par la fenêtre.

— Oh, mon Dieu, comme c'est beau! Il n'y a plus d'immeubles à plusieurs étages! Que des maisons sans clôtures, inondées de fleurs et de verdure! Et les gens, ils sont tous jeunes! Je ne vois pas de vieilles personnes dans les rues. Cela fait plus de dix ans qu'il me tient enfermée dans ce hameau souterrain. Donc, durant ces années, Georges a injecté à tout le monde le virus positif et la puce! Pourquoi, alors, s'énervait-il quand je lui demandais de me sortir de là?

Tudor et son épouse échangèrent des regards hébétés. Quand la voiture entra dans la cour, l'inconnue descendit précipitamment et tomba à genoux. Elle tendit les mains vers le ciel et les larmes ruisselaient sur ses joues.

— Ma maison! Ma chère et belle maison! Comme elle m'a manqué!

Elle gravit les marches en courant et entra dans la maison. Et s'arrêta perdue au milieu du salon. Puis elle alla ouvrir la porte de la cuisine. Puis celle du bureau. Et elle se tourna découragée vers Tudor et sa femme qui s'étaient arrêtés sur le seuil de la porte et la regardaient interloqués.

— Je ne les reconnais pas... Les murs ont été repeints, les meubles changés. Mais ils étaient tout neufs! Pourquoi Georges a-t-il fait ces rénovations sans moi?

Et soudain, elle se tut, comme si elle venait de se réveiller. Elle les dévisageait avec angoisse.

— Qui êtes-vous? Qu'est-ce que vous faites dans ma maison? Pourquoi est-ce qu'on se ressemble comme des gouttes d'eau?

— Nous aussi, nous nous posons la même question.

L'épouse de Tudor la prit par la main et l'installa dans un fauteuil.

— Attendez ici, je reviens. Elle entra dans le bureau et revint tout de suite, un album photo à la main. Elle prit place dans un autre fauteuil et ouvrit l'album à la page où il y avait une jeune mariée et trois autres personnes.

— Connaissez-vous quelqu'un sur cette photo?

— Mais bien sûr que je connais! La jeune mariée c'est moi. Georges nous prenait en photo. J'avais les jambes para lysées et Georges a fait confectionner pour moi une sorte de chaise étroite, qui avait la longueur de mes jambes. Elle était dotée d'une selle et de roues. Ils m'avaient installée dans la selle et attaché mes jambes avec des ceintures. En regardant la photo, on dirait que j'étais debout sur mes pieds. Celui-là, c'est Théo. Il était le garçon d'honneur. Qu' est-il devenu? Et là, c'est maman et papa. Et elle sanglota. Georges m'a dit qu'ils étaient morts dans un accident pendant que j'étais dans le coma.

Tudor écoutait la jeune femme qui lui donnait la chaire de poule. Est-ce que sa mère porteuse n'était pas morte? Mais pourquoi son père l'aurait-il cachée? Pourquoi croit-elle n'avoir été absente que dix ans? Est-ce qu'elle a été dans le coma pendant presque mille ans? Et pourquoi est-elle dans un pareil état?

La jeune femme tourna la page de l'album.

Cette photo-là a été prise le soir quand on a emménagé et on pendait la crémaillère. Elle continuait de tourner les pages en commentant chaque photo. Tudor et sa femme reçurent des explications sur certaines photos que personne n'avait pu leur donner jusqu'alors.

— Et maintenant, regardez ça. Et l'épouse de Tudor ouvrit l'album à la première page. Lisez, s'il vous plaît, cette phrase!

— Notre vie, notre famille avant le départ de Régine. Car après son départ, ce fut la fin des fins et le début des débuts. C'est l'écriture de ma mère.

— Qu'est-ce que cela signifie?

— Je n'en ai aucune idée. Peut être quand Georges m'avait emmenée au laboratoire pour me prélever les ovules. Il voulait se faire cloner et moi, j'avais accepté d'être la mère porteuse de son clone. En réalité, il voulait me faire une surprise, m'a provoqué un léger état de coma et m'a injecté le virus positif. En un mois, je devais être guérie de ma paraplégie. Sauf que je suis tombée dans un coma profond qui a duré une année. Mais j'avais déjà été dans le coma après mon accident. Pourquoi maman aurait-elle écrit ces lignes? C'est bizarre. Comme si j'étais morte.

— J'ai une proposition, dit la femme de Tudor. Je vais vous conduire dans une des chambres d'amis, vous donner des vêtements propres et vous allez prendre une douche. Entre-temps, nous allons préparer le déjeuner. On discutera autour d'un bon repas.

Quand, une demi-heure plus tard, l'inconnue descendit, peignée et proprement habillée, Tudor fut frappé par la parfaite ressemblance entre les deux femmes. Si elles ne portaient pas de vêtements différents, il n'aurait pas pu reconnaître la sienne.

— Je propose qu'on se tutoie, dit la femme de Tudor. Régine, parle-nous de ta vie, surtout, du moment où tu as connu Georges jusqu'à notre rencontre dans le pavillon de chasse.

— Mais quel rapport avez-vous avec Georges et pourquoi habitez-vous dans notre maison?

— Georges est mon père, répondit Tudor.

— Non! Ce n'est pas possible! Cela veut dire que Georges m'avait trompée avec une autre! Donc il n'avait jamais eu de handicap! Est-ce que ta mère vit avec vous?

— Ma mère est morte pendant l'accouchement. Elle s'appelait Régine. Celle-ci, Tudor montra la photo de l'album, c'était ma mère. Plus précisément, ma mère porteuse. Parce que je suis le clone de mon père.

— Mais me voilà toujours vivante! Georges ne s'était pas fait castrer. Il s'est injecté le virus positif et puis me l'a injecté à moi aussi.

C'est lui qui t'a raconté cela?

— Parce que tu crois qu'il m'a menti?

— Je ne sais pas quoi penser, Régine. Allez, chacun va raconter son histoire, ensuite nous verrons quels en sont les points communs et les points différents.

Et la jeune femme leur parla de sa jeunesse, de sa rivale Karine, du pari, de son amour désespéré pour Georges. Elle se souvint avec tendresse de Gerhard, de leur engagement, de leur accident, suite auquel Gerhard était décédé et elle était devenue paraplégique. Elle leur raconta sa décision d'être euthanasiée, l'apparition de Georges qui lui avait parlé de son handicap et l'avait demandée en mariage. Elle leur parla de sa promesse de les guérir un jour... Elle se rappela avec nostalgie des premières années passées dans le hameau souterrain où ils avaient connu le bonheur parfait, ils s'aimaient et faisaient l'amour. Et elle pleura amèrement lorsqu'elle leur raconta comment Georges avait changé, surtout après qu'elle lui avait demandé de lui faire un enfant et de la sortir de là.

— C'est ahurissant que tu connaisses la vie de Régine, ma mère porteuse en détail. Parce que toi et elle n'êtes pas la même personne. Je vais appeler Théo. Il va confirmer mes paroles.

Tudor prit le téléphone portable et appela Théo. Quand celui-ci décrocha, il brancha le haut parleur.

— Théo, peux-tu me raconter comment j'ai été procréé et ce qui est arrivé après?

— Mais qu'est-ce qui t'arrive de me demander cela plus de mille ans après? Pourquoi ne le demandes-tu pas à ton père? En entendant la voix de Théo, la jeune inconnue fut très émue, mais ses paroles l'époustouflèrent. Elle ouvrit la bouche pour intervenir, mais Tudor lui fit signe de se taire.

— C'est de toi que je veux l'entendre. S'il te plaît, sois gentil!

— Régine a beaucoup pleuré quand Georges lui a annoncé qu'il s'était fait castrer avant de s'injecter le virus positif. Georges lui a dit qu'il lui injecterait le virus positif et quand elle serait guérie de sa paraplégie, elle serait libre de refaire sa vie avec un autre homme. Mais Régine a déclaré qu'elle voulait rester avec lui et qu'elle voulait se faire stériliser. Alors Georges l'a priée d'être d'abord la mère porteuse de son clone. Le clonage s'était bien passé et Régine était tombée enceinte. Georges était aux anges: il aurait un enfant et Régine resterait avec lui. Mais un soir ils se sont disputés. C'était la première fois depuis qu'ils étaient ensemble. Georges est parti au laboratoire. Je ne connais pas les détails, mais Régine est tombée du lit. L'enfant, c'est-à-dire toi, a été sauvé. Mais

Régine a fait un accident vasculaire cérébral profond et est décédée. Georges était comme fou, il culpabilisait et souffrait énormément. Les parents de Régine, Viviane et André lui en voulaient d'avoir manipulé leur fille. Georges leur a injecté le virus positif et la puce, leur promettant que Régine leur reviendrait un jour. Ils les installa dans le hameau des Séquoias où ils devaient pratiquer l'apiculture. Et Régine leur est revenue, ils ont eu une fille qui lui ressemblait énormément. C'est ta femme! Mais pourquoi me fais-tu répéter ce que tu connais depuis longtemps? C'est un test de mémoire?

— Non, Théo, c'est très sérieux! Je t'expliquerai tout un jour. Merci beaucoup!

Un profond silence s'installa. Chacun était plongé dans ses réflexions.

— Je sais ce que je vais faire, dit, d'un coup, Tudor. Je vais envoyer un appel télépathique à mon père et lui demander qui est la jeune femme qui est sortie des appartements souterrains.

— Attends, Tudor, lui dit sa femme. D'abord, il faut que je vous révèle quelque chose. Pardonne-moi, chéri, j'aurais dû t'en parler avant, mais j'avais promis à ton père de me taire. Moi, je suis comme toi, un clone. Le clone de ta mère porteuse. Le jour où il avait prélevé ses ovules, il lui a prélevé, à son insu, du tissu de son corps. Il voulait la cloner, elle aussi, après ta naissance, pour avoir deux enfants. Mais elle est morte, ton père se sentait coupable devant mes parents qui souffraient beaucoup. Il a décidé, alors, de leur rendre leur fille. Quand la puce de ma mère lui a indiqué qu'elle devait avoir bientôt son ovulation, il a réalisé le clonage et quelques jours plus tard, a introduit l'embryon dans l'utérus de ma mère. C'est comme ça que je suis née.

— Mais à quoi bon? De toute façon leur puce avait effacé leur fille de leur mémoire. C'est plutôt pour lui qu'il avait fait cela. Il a voulu racheter sa culpabilité.

— Donc, il lui restait du matériel pour réaliser un autre clonage. Mais qu'est-ce qui l'a déterminé à faire cela?

— Je pense que c'est arrivé après notre mariage. Te voir avec moi lui rappelait sa Régine. Je comprends maintenant pourquoi il nous évitait.

— Il y a une autre question qui me tourmente. Si nous sommes toutes les deux des clones de la même personne, pourquoi a-t-elle gardé intégralement la mémoire de sa donatrice et moi, je n'ai que des sentiments de déjà-vu?

— Moi aussi, je me pose cette question. Et je me demande encore, comment mon père a-t-il récupéré sa virilité? Demain nous irons voir le hameau souterrain d'où notre amie s'est enfuie. Peut-être que nous y trouverons des réponses à nos questions. Pour le moment, je n'en parlerai pas à mon père.

Pendant tout ce temps-là, celle-ci resta silencieuse. Elle était submergée par ce qu'elle venait d'entendre. Donc, elle n'était que la copie de quelqu'un qui était mort il y a plus de mille ans! Elle n'avait ni sa conscience ni sa personnalité!

— Dans toute cette histoire, il y a, quand même, un côté positif, dit l'épouse de Tudor. Puisque nous sommes les clones de la même personne, cela veut dire que nous sommes sœurs. J'ai toujours rêvé d'avoir une sœur! Je ne sais pas pourquoi mes parents n'ont eu qu'un seul enfant, tandis que tout le monde en a deux. Et comme nous nous appelons toutes les deux Régine, il faut trouver une solution pour qu'on ne nous confonde pas.

— Je propose, dit Tudor, que toi, tu t'appelles Régine-l'aînée, et toi, puisque tu es née beaucoup plus tard, on va t'appeler Régine-la cadette.

Régine-l'aînée se leva de sa place et embrassa sa soeur:

— Rassure-toi, chérie, ça va aller. Nous ne t'abandonnerons pas. Georges n'a pas pu résister à la tentation de te procréer, étant donné qu'il avait tout le matériel et les connaissances nécessaires. Mais il a dû avoir honte de reconnaître qu'il n'était qu'un simple humain, avec ses faiblesses, même s'il est immortel. Il a dû avoir honte d'admettre que s'il n'avait pas été orgueilleux, il ne se serait pas fait castrer et il n'aurait pas sacrifié la femme qu'il aimait. Voilà pourquoi il t'a enfermée dans ces appartements souterrains et ne sait pas quoi faire de toi. Surtout depuis que tu lui demandais de te sortir de là. Mais nous trouverons un moyen de lui faire reconnaître qu'il a succombé à la tentation. Et de te sortir de là.

— Et pour finir sur une note optimiste je vous propose, pour que je puisse vous distinguer plus facilement, de porter des couleurs différentes. Par exemple, Régine, l'aînée, tu porteras…

— Je porterai du vert émeraude! Et toi?

— Je choisis le bleu marine.

— Super! Maintenant je propose d'aller nous reposer. On a eu trop d'émotions aujourd'hui.

***

— Vous deux, montez sur le Quad! Quand la porte du tunnel s'ouvrira, je monterai sur mon vélo et vous suivrai jusqu'au pavillon de chasse.

Arrivés dans le sous-sol, Tudor et les deux femmes montèrent les marches en pierre et entrèrent dans la pièce minuscule. Il y avait la porte trappe et une autre porte. Ils voulurent d'abord explorer le pavillon de chasse et ouvrirent l'autre porte. Celle-ci donnait accès dans une salle très large qui comprenait le salon, la salle à manger, la cuisine et les toilettes. L'ameublement était en style rustique. Par la fenêtre on voyait la forêt, mais un peu plus loin il y avait une colline très haute dépourvue d'arbres. Les trois personnes retournèrent dans la petite pièce, ouvrirent la porte trappe et descendirent dans l'ascenseur, qui à son tour, les descendit à une profondeur de cent mètres. Lorsque l'ascenseur s'arrêta, ils se faufilèrent par l'ouverture dans le mur et se trouvèrent sur la terrasse du hall du hameau souterrain. Tudor et Régine-l'aînée poussèrent des exclamations de surprise : il était très beau et lumineux. On n'aurait pas dit qu'il se trouvait sous la terre. Régine-la cadette leur fit visiter le hall, ensuite elle les invita dans le hameau proprement dit. Ses amis furent époustouflés par la beauté, la richesse et les technologies ultra modernes qu'on y avait installées.

— Et là, cette clairière, où mène-t-elle?

— C'est une clairière virtuelle. Une image 3D. La première fois quand j'ai voulu m'y promener, je me suis cognée contre le mur.

— Intrigant... Tudor s'approcha lentement de la clairière et la regardait attentivement. Il passa sa main sur la surface du mur.

— Venez voir! Regardez cette feuille, on peut la décrocher! C'est une mini télécommande! Voyons voir à quoi elle nous donnera accès si on la branche.

Tudor appuya sur la télécommande et le mur qui servait d'écran s'alluma. La clairière avait disparu. Tudor appuya sur Menu. Le plan du château apparut devant eux. Comme c'était des caméras de surveillance auto traking, on voyait dans quelles pièces du château il y avait quelqu'un. Tudor en choisit une au hasard et il «tombèrent» dans la chambre de l'un des collaborateurs. Il était en train de peindre quelque chose de mémoire. Tudor zooma pour voir ce que c'était. Mais ils ne comprirent rien. Il venait de commencer son tableau. Aux murs on voyait accrochés d'autres tableaux, mais ils ne représentaient ni humains, ni animaux, ni paysages. c'étaient des objets bizarres. Une autre pièce était la salle de sports. Un groupe de collaborateurs jouaient au handball. Ils virent ensuite les traiteurs en train de préparer le déjeuner. Tudor voulut regarder les vidéos archivées, mais la caméra n'était pas programmée pour stocker les images.

— Régine, s'adressa-t-il à Régine-la cadette, y a-t-il une autre sortie à part celle par laquelle nous avons pénétré dans ce palais souterrain?

— Oui, mais je ne la connais pas. Georges ne me permettait pas de l'accompagner quand il partait au laboratoire. Le jour où il m'a emmenée ici, il m'avait dit de fermer les yeux. Je peux vous indiquer seulement l'endroit où nous nous tenions quand il m'a permis de les ouvrir.

Ils se dirigèrent dans le hall et Régine s'arrêta devant une haie de roses. Tudor marcha lentement le long de la haie et remarqua qu'à un endroit un pot était un peu déplacé. Il le contourna et étudia avec attention le mur qui se trouvait derrière la haie. Il avait été peint de dessins représentant diverses figures géométriques multicolores, dispersées chaotiquement. Les cercles étaient rouges, les carrés jaunes, les triangles verts, les losanges bleus, les ovales noirs et les étoiles oranges. C'était difficile de distinguer quoi que ce fut. Il voulut abandonner, quand, soudain, il remarqua un triangle qui était bleu. Il regarda attentivement pour voir si parmi les autres figures il y avait l'une d'une autre couleur. Mais chaque groupe de figures était de la même couleur. Alors il se pencha vers le triangle bleu et vit que c'était un voyant sensitif. Quand il mit sa paume dessus, le mur coulissa un peu, ouvrant un petit passage.

— Je croyais que rien ne pourrait plus m'étonner. Allez, venez, les filles!

Ils franchirent le passage et pénétrèrent dans une salle dotée d'appareillages sophistiqués.

— D'après ce qu'on voit ici, on dirait un incubateur. Mon père ne m'en avait jamais parlé.

— Quand je me suis réveillée du coma, j'étais sur ce lit, dit Régine-la cadette.

Ils s'approchèrent et regardèrent émerveillés les appareillages et les installations, essayant de comprendre leur destination.

— Ca, c'est un Cryoconservateur. Voyons ce qu'il contient.

À côté il y avait un registre. Tudor l'ouvrit et lut: Tubes 1, 2 — tissu du corps de Régine, Tubes 3, 4 — ovules de Régine, Tubes 5, 6 — tissu du corps de Georges, Tubes 7, 8 — cellules souches de l'organe génital de Tudor.

— Oh, mon Dieu! Voilà comment mon père a pu rétablir sa virilité!

Ils continuèrent leur visite dans l'incubateur. Un peu à l'écart, sur une table, ils virent un objet couvert d'un drap blanc. Tudor retira le drap et ils virent un écrin en verre. Il était vide mais des tuyaux liés à des appareils le traversaient. Tudor s'apprêtait à le recouvrir lorsque Régine, l'aînée, l'arrêta:

— Attends, chéri, j'ai le sentiment d'avoir déjà vu cet écrin ainsi que d'autres objets.

— Oui, c'est vrai, dit Régine, la cadette, chez le collaborateur qui peignait dans sa chambre! Les dessins bizarres, accrochés aux murs, représentent des objets de cet incubateur!

— Incroyable! S'exclama Tudor. Cela veut dire qu'il avait accès à l'incubateur. Mais il ne nous en dirait rien, car il obéit uniquement à la voix de mon père.

— Mais tu es le clone de ton père! lui dit Régine, l'aînée. Vous avez la même voix! Pourquoi crois-tu que les portes coulissent quand tu mets ta paume dessus? Allez essaie de lui parler, nous verrons s'il t'obéira.

— Je ne sais pas... Ce serait comme si je trahirais mon père...

— Et lui, il ne t'a pas trahi? Il t'a provoqué l'évanouissement à l'aide de sa substance inodore et t'a prélevé des cellules souches de ton organe génital! Il a créé un clone qu'il a caché de toi pendant des années! Tudor, nous avons besoin d'agir pour aider Régine, ma sœur!

— D'accord, je vais essayer d'appeler le collaborateur. Mais d'abord il faut que vous retourniez au hameau et moi je dois sortir de l'incubateur. Je suppose qu'il devrait être lié avec le laboratoire.

Après avoir fermé la paroi derrière les deux femmes, Tudor se dirigea vers le mur opposé, trouva le voyant et fut très content quand celui-ci réagit au contact de sa paume. Régine avait raison, étant le clone de son père, il avait accès partout. Arrivé au laboratoire, il mit la combinaison et le masque de protection. Ensuite, il appuya, à l'intérieur de son poignet gauche, sur le code de la puce du collaborateur aux dessins bizarres et le contact télépathique s'établit.

— Sébastien, pourriez-vous descendre au laboratoire tout de suite?

Celui-là arriva très vite, équipé, lui aussi, de sa combinaison de protection.

— Venez avec moi, j'ai besoin que vous me donniez quelques explications. Ils entrèrent dans l'incubateur. Est-ce que vous êtes jamais venu ici?

Sébastien ne fut pas du tout étonné d'entendre pareille question. Il était programmé à obéir sans contester à la voix de Georges.

— Bien sûr! Depuis qu'on avait installé l'utérus dans cet écrin.

— L'utérus? Quel utérus? Tudor sentit des frissons lui parcourir le dos.

— L'utérus de Viviane. C'est moi et Paul qui avons introduit dans son utérus l'embryon quand elle avait eu sa première ovulation. Après, quand elle a accouché, nous lui avons extirpé l'utérus et prélevé une grande quantité de sang. Nous avons installé l'utérus dans cet écrin et moi je venais chaque jour vérifier si tout allait bien, filtrer le liquide de l'écrin, introduire les éléments nécessaires pour alimenter le sang. J'ai fait ce travail durant quelques centaines d'années, après j'ai reçu l'ordre de ne plus venir.

Après le départ de Sébastien, Tudor appela les deux Régine dans l'incubateur.

— Voulez-vous savoir ce qu'il y avait dans cet écrin? Je vous préviens que vous allez être choquées. L'utérus de Viviane. Voilà pourquoi tes parents n'ont pas eu un deuxième enfant. Ta mère n'avait pas d'utérus!

— Oh, mon Dieu! Quelle monstruosité! Mais pourquoi avoir volé l'utérus à ma mère?

— Je pense que mon père avait souvent pensé à faire un deuxième clone de sa Régine. Pour lui. Mais pour qu'il fût presque identique à sa donatrice, il fallait qu'il se développe dans le corps de ta mère. Or, il ne voulait pas que quelqu'un le sache.

— Mais moi, dit sa femme, je suis le clone de sa Régine et je me suis développée dans l'utérus de ma mère! Il aurait pu me prendre en mariage. Qui l'aurait empêché?

— Il n'avait pas besoin que de la copie de la femme qu'il aimait. Il voulait qu'elle ait sa conscience. D'une certaine façon, il voulait la ressusciter. Je crois que je sais ce qu'il a fait! Il y avait au château une chienne et son chiot. Tout le monde les aimait. Mais Théo les adorait. C'est à cause d'eux qu'il a emménagé au château. Il prenait le chiot dans son lit, lui donnait des friandises. Et le petit chien adorait Théo. Celui-là lui avait appris à ouvrir la porte de sa chambre et à chercher de la nourriture dans un tiroir. Il reconnaissait de loin les pas de Théo et courait à sa rencontre. En une année il est devenu un très beau labrador. Un jour nous étions dans la cour du château avec d'autres collaborateurs. Le chien était en train de jouer avec sa mère. Soudain il arrêta de jouer et parcourut en courant le parc du château vers le portail. Vingt minutes plus tard, on revit le chien en compagnie de son maître. Mon père me fit signe de le suivre. Nous sommes descendus aux caves. Mon père ouvrit une porte et me laissa entrer. Dans la pièce j'ai vu une large cage en fer et dedans-le Labrador de Théo. Je me suis tourné étonné vers mon père:

— Je ne comprends rien! Nous l'avons vu tout à l'heure en compagnie de Théo! Comment est-il arrivé là? Tu ne m'avais jamais dit qu'il y en avait encore un!

— Celui-ci est le chien de Théo.

— Et l'autre?

— L'autre est son clone.

— Mais pourquoi as-tu eu besoin de cloner ce chien?

— J'ai créé une puce. Si on l'injecte à un clone nouveau-né, elle stimulera la mémoire stockée dans les cellules. Le clone aura les connaissances et les habitudes de son donateur jusqu'au moment du prélèvement du tissu de son corps. J'ai voulu la tester. Quand j'ai vu que Théo avait formé des réflexes à son chien, j'ai prélevé du tissu de son corps, j'ai prélevé des ovules à la chienne, sa mère et j'ai réalisé le clonage. La mère porteuse du clone a été la mère biologique du donateur. Après sa naissance, j'ai maintenu le clone dans un faible état de coma jusqu'à aujourd'hui. J'ai enfermé dans la cave le donateur et mis dehors le clone. Il est tout de suite monté à l'étage chercher Théo. Il a ouvert la porte de sa chambre et a ouvert le tiroir aux friandises. Ensuite il est descendu dans la cour où il jouait avec sa mère et les collaborateurs. Et tu as vu sa réaction lorsqu'il a reconnu les pas de Théo. Comme ça on pourrait ressusciter des personnes décédées.

— Mais qui voudrais-tu ressusciter? Nous et les collaborateurs sommes immortels, les autres humains sont programmés pour vivre cent cinquante ans.

— Oui, tu as raison. Mais je voulais savoir ce que cela donnerait.

Quand nous sommes sortis des caves, Théo était dans la cour avec son chien.

— Il est bizarre aujourd'hui! Je lui ai appris, il y a deux semaines, des commandes qu'il exécutait avec précision, mais aujourd'hui il ne se rappelle de rien.

— Théo, lui dit mon père, je vais te montrer quelque chose. Attends ici.

Mon père descendit à la cave et bientôt il revint accompagné du labrador. Celui-ci se jeta tout de suite vers Théo et lui lécha le visage et les mains. Ensuite il accomplit toutes les commandes que Théo lui avait apprises. Mon père lui expliqua l'histoire des deux labradors et Théo fut ravi d'avoir deux chiens à la fois.

— Donc, Tudor se retourna vers Régine, la cadette, mon père a créé cette puce pour te ressusciter. Voilà pourquoi tu te rappelles de tout jusqu'au moment où mon père a prélevé les ovules et le tissu du corps de sa Régine. Et tu ne connais pas ce qui s'est passé après. Voilà pourquoi Georges avait inventé l'histoire qui lui convenait.

— Que faire maintenant?

— Je n'en veux pas à mon père d'avoir voulu ressusciter la femme qu'il aimait. Je ne lui en veux pas d'avoir voulu retrouver sa virilité. Je lui en veux d'avoir agi en secret, de m'avoir volé les cellules souches. D'avoir volé l'utérus de Viviane. D'avoir séquestré et abusé de la femme qu'il avait créée. De vouloir passer devant nous pour un parfait. Je veux trouver un moyen de lui faire reconnaître devant nous toutes ses actions.

Tudor sentit une pulsation à l'intérieur de son poignet gauche. Il regarda le code. Un appel télépathique de son père:

— Tudor, salut, comment allez-vous?

— Ça va, et toi?

— Très bien. Je voulais te dire qu'à partir d'aujourd'hui on n'injectera plus le virus positif ni la puce aux nouveau-nés du hameau des Séquoias. Nous allons observer leur comportement et leur état de santé.

— D'accord, papa! Porte-toi bien!

— Papa m'a demandé d'arrêter d'injecter le virus positif et la puce aux nouveau-nés du hameau des Séquoias, dit Tudor aux femmes. J'ai une idée. Je sais ce qu'on va faire.

***

Cela faisait déjà plus de dix mois que Georges était parti en voyage. Il avait emporté un sac à dos avec quelques affaires parmi lesquelles son appareil vidéo. Il avait pris le train qui se déplaçait avec de l'énergie solaire. Georges s'arrêtait dans différentes régions et passait quelque temps parmi les habitants. Il était très content de l'harmonie et la convivialité qui y régnaient. Georges était satisfait de son travail. Étant un homme en pleine virilité, il remarquait la beauté des femmes. Il en avait même désiré certaines. Mais les couples mariés restaient fidèles durant toute leur vie. Tandis que les jeunes filles restaient vierges jusqu'à ce qu'elles rencontrent le jeune homme avec lequel leurs puces fusionneraient. Il était resté presque un mois dans un immense parc animalier dont les locataires d'un village s'occupaient. Georges n'avait parlé à personne de son existence, ni même à son fils. Il voulait voir, d'abord, le résultat final. Il y avait dans ce parc différentes espèces d'animaux. On leur avait introduit, durant vingt générations, le virus positif pour corriger leur ADN et la puce qui les programmait à une seule gestation par individu. Vingt générations passées, Georges demanda qu'on arrête d'injecter aux nouveau- nés le virus positif et la puce. Le responsable du parc lui envoyait des vidéos sur l'état et le comportement des individus. Chacun avait, tatoué sur son dos, le numéro de la génération dont il faisait partie. Georges était très content du résultat obtenu. Les animaux avec virus positif et puces étaient programmés pour vivre cinq fois leur âge. Ceux qui n'avaient pas de puces ni de virus positif gardaient la jeunesse et la santé du corps et mouraient quand leur énergie vitale s'épuisait. Il décida alors de demander à Tudor d'arrêter l'injection du virus positif et de la puce aux nouveau-nés du hameau des Séquoias. Et d'envoyer là-bas deux collaborateurs pour observer leur évolution.

Il était parti faire le tour du monde très en colère contre Régine. Il ne voulait même pas penser à elle. Mais avec le temps sa colère se calma et Georges se surprenait à penser qu'il aurait pu emmener Régine avec lui. S'il ne lui avait pas menti... Ce soir-là il était dans un village dont les habitants fêtaient un mariage. Il regardait les jeunes mariés et d'autres couples danser et la tristesse s'empara de lui. Il repensa à Régine. Il la revit à genoux le suppliant de la sortir des appartements souterrains. Il revit ses yeux tristes et son cœur se serra dans sa poitrine. L'autre, sa première Régine, avait les mêmes yeux tristes quand il l'avait abandonnée paraplégique toute nue sur le lit et était parti au laboratoire en claquant la porte. Ce regard l'avait hanté durant des années. Pourquoi se conduisait-il comme un con avec la femme qui l'aimait de tout son coeur et dont il avait toujours rêvé? Et s'il lui arrivait quoi que ce soit? Même si elle était programmée immortelle… Con! Con! Con! Et si on t'enfermait pendant des années, comment te sentirais-tu? Oh, Régine! Je ne te mérites pas! Et il prit la décision. Il allait rentrer tout de suite, détruire tous les échantillons du Cryoconservateur. Ensuite il reprogrammera la puce de Régine. Elle l'oubliera définitivement. Après, il l'amènera dans une localité éloignée. Là, elle épouserait un jeune homme, leurs puces fusionneraient. Ils auraient des enfants et vivraient heureux cent cinquant ans. Il en souffrirait éperdument, mais au moins il serait délivré de mener ce double jeu. Pourvu que Tudor ne le sache. Tomber dans les yeux de son fils était la chose la plus insupportable pour lui. Il lui envoya tout de suite un message télépathique l'informant qu'il rentrait dans une semaine.

***

— Régine-la cadette, Georges rentre. Il sera là vers la fin de la semaine. Oh, tu as pali. N'aie pas peur! Nous ne t'abandonnerons pas! J'ai tout mis en place pour qu'il soit obligé d'admettre ses actes. Ce soir nous t'accompagnerons chez toi, tu changeras de vêtements et nous t'aiderons à nettoyer les appartements souterrains.

— Et essaie d'être dégagée quand il arrivera, lui dit sa sœur aînée.

***

La première chose que Georges fit en rentrant de voyage, ce fut d'aller directement au laboratoire. Il se changea, entra dans l'incubateur, mit le tablier, les gants et le masque, ouvrit le Cryoconservateur et en sortit tous les tubes qui y étaient stockés. Il les ouvrit et les jeta dans de l'eau chaude. Il agissait vite pour ne pas avoir le temps de changer d'avis. Ensuite il ôta précipitamment les vêtements de protection et se dirigea vers le hameau souterrain. Son cœur cognait très fort dans sa poitrine. Qu'allait-il trouver? Pourvu qu'il ne soit rien arrivé de mal à Régine. Il la délivrera d'un imbécile comme lui. Elle sera encore très heureuse… Georges entra dans le hall et fut très agréablement surpris de trouver les fleurs et les arbustes en bon état, les poissons vivants. L'eau de la piscine était filtrée. C'était déjà bon signe. Georges se dirigea vers la terrasse et entra dans la «ruelle». Il s'arrêta un moment en se demandant où il pouvait trouver Régine. Voir si elle allait bien. Ensuite il reprogrammera sa puce. Comme il était tard dans l'après-midi, il se dit qu'elle devrait être dans le club des loisirs. Il s'y précipita. Les remords, l'inquiétude, l'impuissance rongeaient son âme. Il la chercha dans la salle de sport, la bibliothèque, la salle de musique. Elle n'y était pas. Soudain il entendit un rire qui venait d'une salle plus éloignée. Il reconnut le rire de Régine. Il souffla rassuré, donc elle allait bien. Georges entrebailla la porte et regarda dedans. Régine, debout devant son chevalet, était en train de peindre le paysage qui occupait tout le mur en face d'elle. À côté, dans un fauteuil, il y avait le professeur virtuel de dessin. Il lui donnait des instructions et, de temps en temps, lui racontait des histoires amusantes qui faisaient rire Régine. Elle était très belle, ses cheveux étaient tressés en queue de cheval épaisse, elle portait une robe légère qui soulignait la beauté de son corps. Georges sentit un picotement dans son cœur. Il était jaloux. Il l'avait abandonnée en état de profonde dépression et à son retour il la retrouvait de bonne humeur. Donc, il ne lui avait pas manqué… Es-tu vraiment con, ou quoi? As-tu oublié ton comportement avec Régine? Qu'elle avait peur de toi? Georges entra dans la salle. Le professeur virtuel le remarqua et dit à Régine:

— Régine, vous avez de la visite!

Régine se retourna lentement, la palette et le pinceau aux mains. Ils se dévisagèrent silencieusement. Elle le regardait un léger sourire aux coins des lèvres. Dans ses yeux il n'y avait pas la moindre trace de peur. Il y avait dans son regard un mélange d'ironie, de défi et de joie. De tout son être émanait de la dignité. Régine qui se tenait devant lui ne se laisserait pas manipuler et ne lui permettrait pas de la maltraiter. En la voyant comme ça, Georges oublia ses intentions de reprogrammer la puce de Régine et de lui rendre la liberté. Il aurait voulu la prendre dans ses bras, l'embrasser, mais n'eut pas le courage. D'après l'attitude de Régine il comprit qu'elle n'avait rien oublié et rien pardonné.

Étant toujours en compagnie de sa sœur et de Tudor, qui était très doux et gentil, comme son père l'avait été auparavant, Régine se calma et apprit à ne plus avoir peur de Georges. Et puis elle ne voyait dans ses yeux ni mépris ni haine. Ce fait lui donnait du courage.

— Salut, Georges! Tu n'es resté dans ton voyage que trois mois…

— Oui, c'est vrai. Il se rappela que dans le hameau souterrain le temps s'écoulait autrement. Tu m'as manqué. J'ai beaucoup réfléchi à notre relation et me suis rendu compte que ton malheur c'est de ma faute. Pardonne-moi, Régine, si tu peux. J'ai fait de toi une prisonnière et t'oblige à rester enfermée durant des années dans ce hameau.

Pour un moment, Régine crut que Georges allait tout reconnaître. Ce serait magnifique! Car Tudor avait dit que si son père racontait à Régine qui elle était et reconnaissait devant son fils et ses collaborateurs qu'il avait cédé à la tentation, il lui pardonnerait tout. Elle retint le souffle, son cœur cognait dans sa poitrine. Mais Georges continua:

— Donne — moi encore un peu de temps, dans quelques années tout sera fini et je pourrais te sortir d'ici.

— Ai-je le choix, Georges? De toute façon, j'ai appris à me sentir très bien ici. J'ai plein d'amis virtuels avec lesquels je peux communiquer, m'amuser. Eux, au moins, ne me trahiraient jamais.

Pour Georges les derniers mots de Régine furent comme une pierre jetée dans son jardin. Mais il fut content puisque cela voulait dire qu'elle ne lui demanderait pas de la sortir de là.

L'attitude de Régine eut un énorme effet sur Georges. Toujours calme, souriante, elle ne lui demandait jamais rien, ne lui disait pas qu'elle s'ennuyait sans lui. Au contraire, elle était toujours en train de faire quelque chose dans le club des loisirs. Elle s'amusait beaucoup avec ses amis virtuels. Georges en devint jaloux. Il avait le sentiment que Régine lui échappait, qu'il ne faisait pas partie de sa vie. Il se sentait comme un adolescent amoureux d'une femme mûre et exquise. Il n'y avait plus dans ses yeux l'amour désespéré et dévoué d'avant. Il voulut la reconquérir, il lui apportait des cadeaux, passait beaucoup de temps avec elle. Mais malgré sa gaieté, sa bonne humeur, Régine restait distante, le regard rêveur, comme si elle était dans une autre réalité.

Et Régine? Régine souffrait. Elle souffrait parce qu'elle n'aimait plus Georges. Elle ne lui faisait plus confiance. Elle ne pouvait pas oublier comment il l'avait traitée avant de partir en vacances. Comment pouvait-il vivre dans le mensonge et lui parler comme si de rien n'était? Elle ne pouvait pas lui pardonner d'avoir détruit son amour pour lui. Comme elle l'avait aimé! Qu'il lui fasse l'amour avait été le rêve de sa vie. Et là, elle ne ressentait rien quand il l'embrassait, lui massait le corps, lui faisait l'amour. Ni dégoût, ni passion. Elle faisait des efforts pour qu'il ne se doute de rien, mais ses pensées étaient ailleurs. Régine savait que si elle essayait de lui demander de la sortir de sa captivité, Georges redeviendrait violent et agressif. Quand il partait au laboratoire, elle s'enfermait dans une salle du club des loisirs et parlait au téléphone avec sa sœur. Celle-ci la rassurait lui disant qu'ils avaient trouvé le moyen de la sortir de là, mais que le moment n'était pas encore venu.

Il y avait encore une raison qui faisait que Régine souffrait. Elle était tombée éperdument amoureuse. De quelqu'un qui ne pouvait pas partager ses sentiments. Qui ne se doutait même pas de son existence.

***

Dès son retour du voyage, Georges s'intéressa vivement aux habitants du hameau des Séquoias, plus précisément aux enfants. Il était sûr qu'il n'y aurait pas de différence entre les enfants sans puce ni virus positif et leurs parents. Mais il fut très déçu, lorsque les collaborateurs qui se trouvaient là-bas pour mener les observations lui envoyèrent les premiers comptes rendus. C'était impossible que ces anomalies surviennent dès la première génération. Plus le temps passait, plus ces enfants-là devenaient féroces. Georges aurait pu arrêter l'expérience, mais il était curieux de voir leur comportement à l'âge adulte. Vingt ans s'étaient écoulés. Jusqu'au jour où les collaborateurs avaient envoyé l'alerte dans laquelle ils déclaraient qu'au hameau des Séquoias c'était l'enfer.

***

— Donc, où est Régine? Tudor, pourquoi s'est-elle enfuie?

— Elle ne s'est pas enfuie, papa. Elle reviendra bientôt. Dis -moi, s'il te plaît, tu dis qu'on aurait pu injecter un autre virus. Qu'est-ce que celui-ci pourrait bien être?

— Ce virus pourrait révéler la mémoire stockée dans les cellules de l'individu. Cette mémoire contient les aptitudes intellectuelles et comportementales de ses ancêtres. Te souviens-tu de ce que j'avais fait avec le chien de Théo ? Si on veut, on peut trier et stimuler que la mémoire positive ou bien uniquement la mémoire contenant des informations négatives. Mais dans notre cas, les prédécesseurs de ces jeunes ont été injectés pendant vingt générations avec le virus positif et la puce. Il est impossible que leurs cellules gardent autant de mémoire négative.

— Alors, qu'est-ce qu'on aurait pu faire?

— Les seuls à avoir gardé toute la mémoire ancestrale dans les cellules sont les collaborateurs, toi et moi. Quelqu'un a dû leur prélever du sang, ajouter le sérum qui stimule la mémoire négative et laisser les éprouvettes macérer pendant vingt-quatre heures. Les résidus du sang se déposent au fond de l'éprouvette. Le liquide qui reste est de couleur verte. Quand on veut stimuler la mémoire positive, le liquide est rose. Ensuite on prélève le liquide vert dans une seule éprouvette, on agite et on le transvase dans des fioles qui doivent être conservées dans le congélateur. Un millilitre de ce liquide, administré à un nouveau-né, suffirait pour le rendre incontrôlable. Mais il faut être prudent qu'il n'y ait pas de drone, car ils dégagent déjà de l'énergie négative et pourraient être détruits par celui-ci. Regardez! Georges sortit d'une boîte une seringue remplie d'un liquide vert. Il ouvrit ensuite une autre boîte, dans laquelle il y avait un drone de la taille d'un coléoptère. Il l'alluma et celui-ci s'envola vers le plafond. Puis il mit sur la table un écrin en verre. Il y avait dedans deux souris.

— Je vais injecter un millilitre de ce liquide à l'une des deux souris et vous allez voir ce qu'il va se passer. Georges injecta un peu de liquide dans le corps de la souris et laissa l'écrin ouvert. Quelques minutes plus tard, le drone descendit au-dessus de l'écrin et dirigea un rayon fin vers la souris qui avait été injectée avec le liquide vert. Ensuite une décharge puissante traversa le rayon et pénétra dans le corps de la souris et déclencha l'effet d'auto combustion. La souris disparut.

— Depuis que j'ai compris qu'un intrus avait agi à mon insu, je n'arrête pas de me poser la même question: qui et pourquoi?

— C'est moi, papa!

— Toi? Tu as osé détruire le travail que je fais depuis plus de mille ans! Qu'est-ce qui t'a pris? Georges était blanc de rage. Tudor ne l'avait jamais vu s'emporter comme ça. Et lui, il doutait quand Régine-la cadette leur disait que Georges pouvait être très agressif.

— Pourquoi? Pourquoi m'as-tu fait ça?

— Je te répondrai par quelques questions. Pourquoi veux-tu passer pour un saint qui s'est sacrifié pour l'humanité? Pourquoi m'as-tu volé les cellules souches de mon organe génital? Pourquoi as-tu volé l'utérus de Viviane? Pourquoi as-tu créé le clone de ta femme décédée? Pourquoi la séquestrais-tu depuis des années? Penses-tu que si tu m'avais avoué que tu voulais reprendre ta virilité et ressussiter la femme que tu aimais je t'aurais méprisé?

Georges devint blanc comme linge. Il se laissa tomber sur une chaise et passa une main sur son visage. Il avait l'air très fatigué.

— Comment l'as-tu su?

— Tu le sauras tout à l'heure. Tudor mit son doigt sur le code de la puce de sa femme à l'intérieur de son poignet et lui transmit télépathiquement d'entrer.

Quelques minutes plus tard, la porte s'ouvrit et les deux Régine entrèrent. Georges portait le regard de l'une à l'autre avec stupéfaction. Il se sentait trahi par sa Régine.

— Papa, quand nous avons retrouvé, par hasard, Régine, elle était dans un état déplorable. Elle était dépressive et avait voulu se suicider. Que pensais-tu faire d'elle?

Georges ne répondit pas. Il appuya le front dans sa main et ferma les yeux. Tout son être exprimait une douleur immense. Tout à l'heure il avait surpris Régine regarder à la dérobée un des collaborateurs et rougir. Il suivit son regard et vit qui c'était. C'était Théo. Lui aussi la regardait avec admiration et étonnement.

Sa Régine était amoureuse! Non, il ne pouvait pas l'admettre! Elle lui appartenait, c'est lui qui l'avait créée!

— Papa, continua Tudor, puisque je suis ton clone, les collaborateurs ont réagi à ma voix. Je leur ai demandé ce qu'ils préféraient : être immortels mais solitaires ou bien être mortels mais avoir une famille, des enfants. Ils ont répondu qu'ils préféraient avoir des familles et des enfants. Nous avons décidé que personne ne devait être immortel. Avant de venir ici, j'ai reprogrammé les puces. Tous les collaborateurs pourront se marier. Nous vivrons mille ans et n'aurons qu'un seul enfant. Au bout de mille ans, avant de mourir nous transmettrons nos connaissances à nos enfants. Après avoir reçu les connaissances ils vivront mille ans, auront un enfant chaque couple et leur transmettront les connaissances avant de mourir. Cela continuera éternellement.

Georges écoutait son fils, mais il n'arrêtait pas de regarder Régine. Ses craintes s'avérèrent. Les puces de Régine et de Théo avaient fusionné. Il n'existait plus pour elle. Il l'avait perdue pour la deuxième fois et définitivement. Et tout était de sa faute.

— Papa, commença Tudor, mais Georges l'arrêta d'un geste de la main. Il se leva lentement de sa place, regarda l'un après l'autre son fils et ses collaborateurs et dit:

— Pardonnez-moi ma lâcheté, je vous en prie! Je suis vraiment désolé d'avoir trahi votre confiance. Tudor, je t'aime plus que tout au monde et je suis fier de toi, de la sagesse avec laquelle tu as décidé de tout. Quant à moi, je m'arrête là. Ma mission a pris fin. Je vais rejoindre ma Régine.

Ceux qui étaient présents dans la salle des conférences, l'écoutaient la tête baissée. On ne lui en voulait pas, c'était humain de succomber à la tentation. Ils se rappelaient sa générosité, le travail énorme qu'il avait fait pour sauver la planète et les humains, les moments d'activité côte à côte. Personne n'avait remarqué le drone descendre au niveau de Georges. Tout s'était déroulé trop vite. Ce n'est que lorsque le drone dirigea le rayon vers son père que Tudor se rendit compte de ce qui se passait.

— Papa, non!!! Il se jeta vers son père pour le serrer dans ses bras, mais le drone avait déjà déclenché l'effet d'auto combustion. Avant de perdre connaissance Georges remarqua son fils se précipiter vers lui et, instinctivement, fit un geste brusque de la main pour l'arrêter. En quelques secondes il ne resta de lui qu'une tache blanche qui s'éteignit bientôt. Et une seringue vide...

ÉPILOGUE

Accablé par ce qui venait de se passer, Tudor ferma les yeux et prit sa tête dans ses mains. Lorsqu'il releva la tête, son regard tomba sur son poignet gauche. Il le retourna lentement pour regarder à l'intérieur. Et il resta stupéfait: le code de la puce de son père n'avait pas disparu. Qui était donc celui qui était mort il y a quelques moments? Serait-ce un autre clone auquel son père aurait injecté sa conscience? Incrédule, Tudor mit le doigt sur le numéro du code de la puce de son père à l'intérieur de son poignet. Quelques secondes plus tard, il entendit dans sa tête: «Salut, mon fils!»

Emilia Burca

LA CHUTE DE L'ANGE.
SUITE DU ROMAN LA RÉVÉLATION

ILLUSTRATION — Violeta Raevschi
MISE EN PAGE — Natalia Voinova
CONSULTANT — Dana Burca

Printed in Great Britain
by Amazon

76756062R00037